문지스펙트럼

외국 문학선
2-025

Un Dilemme

Joris-Karl Huysmans

궁지

조리스 칼 위스망스
손경애 옮김

문학과지성사

외국 문학선 기획위원
김주연 / 권오룡 / 성민엽

문지스펙트럼 2-025

궁지

지은이 / 조리스 칼 위스망스
옮긴이 / 손경애
펴낸이 / 채호기
펴낸곳 / 문학과지성사

등록 / 1993년 12월 16일 등록 제10-918호
주소 / 서울 마포구 서교동 363-12호 무원빌딩 4층 (121-838)
전화 / 편집부 338)7224~5 영업부 338)7222~3
팩스 / 편집부 323)4180 영업부 338)7221
홈페이지 / www.moonji.com

제1판 제1쇄 / 2004년 4월 2일

ISBN 89-320-1494-9
ISBN 89-320-1851-5 (세트)

궁지

차례

등짐

Sac au dos

내가 공부를 마치자마자, 부모님은 내가 초록색 탁자보가 씌워지고 나이 많은 남자들이 마치 반신 조각상처럼 둘러앉아 있는 테이블 앞에 몸을 드러내는 것이 유용하다고 판단했다. 거기에 그렇게 모여 앉아 있던 지긋한 나이의 남자들은 내가 고어를 잘 학습했는지를 물어보았다.

시험을 통과했다. 하루는 저녁식사 자리에 친척들이 모두 모여서 나의 성공을 축하하였다. 거기서 친척들은 내 미래에 대해 상의한 뒤, 나로 하여금 법학을 공부하도록 결정을 내렸다.

나는 그럭저럭 첫번째 시험을 치렀지만, 2학년에 등록할 돈은 모조리, 때때로 나를 사랑하는 척하던 금발머리의 여자와 함께 써버렸다.

나는 라탱 거리를 열심히 쏘다녔고 거기서 많은 것들을 배웠다. 그 중에는 매일 저녁 맥주잔에 대고 정치에 대한 자신들의 생각을 내뱉어대는 학생들을 유심히 관찰하는 일을 비롯해 조르주 상드와 하이네, 에드가르 키네와 앙리 뮈르제르의 작품들을 접하는 일도 포함되었다.

바보짓을 하는 발정기가 나에게 찾아왔다.

그것은 족히 1년간 지속되었다. 나는 차츰차츰 성숙해졌다. 나는 제정시대 말기의 선거에는 무관심했다. 나는 상원의원의 아들도 정치적으로 억압당한 사람의 아들도 아니었고, 오래전부터 우리 가족이 표명하던 평범함과 가난이란 전통을 따르기만 하면 되었다.

나는 법학에 흥미가 없었다. 법전은 몇몇 사람들에게, 거기에 기록된 사소한 말들에 대해서 궤변을 늘어놓을 수 있는 기회를 제공해주기 위해 일부러 엉망으로 씌어진 것으로 여겨졌다. 오늘도 나는 명확히 표현된 문장은 그토록 다양한 해석들을 이끌어낼 수 없으리라고 생각한다.

내가 너무 역겨워하지 않고 일할 수 있는 직업을 찾으면서 스스로를 탐색하고 있을 때, 지금은 고인이 된 황제가 나에게 한 직업을 제공했다. 그는 자신의 서툰 정치적 행동으로 나를 병사로 만들어버렸다.

프로이센과의 전쟁이 터졌다. 솔직히 말하자면, 나는 군인들의 대학살을 필요로 하는 전쟁 발발의 동기들을 이해할 수

가 없었다. 다른 사람들을 죽여야 하는 필연성도, 그들에 의
해서 내가 살해당하는 필연성도 깨닫지 못했다. 어쨌든 센
강의 기동헌병대에 편입된 나는 군복과 군화를 찾으러 갔다
가 이발소에 들렀고, 저녁 7시에 루르신 거리에 도착하라는
명령을 받았다.

　나는 정각에 정확히 도착했다. 이름들이 호명된 후에 연대
병사들 중 일부가 문을 향해 돌진하듯 밖으로 나와 거리를
가득 메웠다. 그러자 차도는 사람들의 물결로 일렁거렸고,
술집들 역시 사람들로 가득 찼다.

　작업복 차림의 남자 노동자들, 허름한 옷을 입은 여자 노
동자들, 무기 없이 가죽띠를 두르고 각반을 찬 병사들은 서
로서로 밀접하게 붙어서, 술잔이 부딪치는 소리와 함께 숨이
차도록 큰소리로, 리듬 박자를 무시한 채 '라 마르세예즈'를
불러대고 있었다. 프랑스 삼색 휘장이 장식된, 양철 챙이 달
린 군모를 아주 깊숙이 눌러 쓰고, 새빨간 소매 휘장과 짙은
청색의 칼라가 달린 웃옷 그리고 빨간 줄이 쳐진 아마 천의
청색 바지를 우스꽝스럽게 입은 센 강의 기동헌병대 대원들
은 프로이센을 정복하러 가기 전에 고함을 질러대고 있었다.
선술집들에선 귀가 멍멍할 정도로 큰 소리들이 새어나왔다.
취객들이 부딪치는 술잔과 양철 술통이 내는 그 소리들은,
간간이 바람에 삐걱거리는 창문 소리들 때문에 끊어졌다 다
시 들리곤 했다. 갑자기 북 두드리는 소리가 이 모든 소음들

을 잠재웠다. 새로운 종대가 병영장에서 나왔다. 그러자 새롭게 미친 듯한 소란스러움이 시작됐고, 표현이 불가능할 정도로 흥청망청 먹고 마시는 유희가 이어졌다. 술집에서 술을 마시던 병사들은 밖으로 뛰쳐나왔고 뒤따라서 그들의 부모들과 친구들이 나왔는데, 그들은 병사의 가방을 드는 영광을 차지하려고 서로 다투었다. 종열은 흐트러지고, 군인들과 시민들이 뒤죽박죽 섞였다. 어머니들은 눈물을 흘리고, 좀더 침착한 아버지들은 술 냄새를 폭폭 풍겼으며, 아이들은 기뻐서 깡충깡충 뛰면서 애국심을 고취시키는 노래들을 큰 소리로 부르고 있었다!

잔뜩 화가 난 구름들 사이로, 번갯불이 내쏘는 지그재그 모양의 하얀 미광 아래로 우리는 흩어져서 파리 전체를 통과했다. 짓누르는 듯한 더위에, 가방조차 무거웠다. 우리는 거리의 모퉁이에서 술을 마셨고, 마침내 오베르빌리에 역에 도착했다. 잠시 조용했다가 오열하는 소리들이 들렸는데, 그보다는 '라 마르세예즈'를 부르는 소리가 더 크게 들렸다. 그러고 나서 우리들은 마치 가축들인 양 기차 안에 처넣어졌다. "잘 가라, 쥘! 곧 다시 만나자! 현명하게 행동해! 특히 편지 쓰는 것 잊지 마!" 마지막으로 우리는 악수를 나눴다. 기차는 기적을 울렸고, 우리는 역을 떠났다.

우리는 분명히 우리들을 실어 나르는 상자 속의 50명의 남자들이었다. 몇몇 남자들은 굵은 눈물을 뚝뚝 흘리며 울고 있었다. 정신을 잃도록 술에 취한 사람들이 그들에게 야유를 보냈다. 그리고 배급받은 빵 위에 불을 켠 양초들을 세우고는 목이 터져라 소리쳤다. "바댕게[1] 물러나라. 로슈포르[2] 만세!" 몇몇 사람들은 구석에서, 조용히 그리고 침울하게, 먼지 속에 흔들리고 있는 기차의 바닥을 보고 있었다. 갑자기 호송이 멈췄다 나는 기차에서 내렸다 깊은 밤, 0시 25분.

사방으로 들판이 펼쳐져 있고, 멀리 간헐적으로 생겨나는 번갯불을 통해서 보이는 작은 집과 나무 한 그루가 천둥번개로 가득 차 있는 하늘 위로 그들의 실루엣을 드리우고 있었다. 기차의 삐거덕거리는 소리들만 들렸다. 기차는 불꽃을 내뿜으며 가고 있었는데, 그것은 마치 부케 같았다. 모든 사람들이 밤의 어둠 속에서 거대하게 커져 보이는 기관차까지 거슬러 올라간다. 정차는 족히 2시간 가량 지속되었다. 원반 신호기들은 붉은빛을 발하고 있었고 기관사는 그것들이 돌아가기를 기다리고 있었다. 원반 신호기들이 하얀색으로 바뀌었다. 우리는 기차에 다시 올랐지만, 한 남자가 등불을 흔들며 뛰어 와서 기관사에게 몇 마디 말을 하자 그 기관사는 기차를 곧 대피선으로 후퇴시켜서 기차는 다시 움직이지 않

---

1) 나폴레옹 3세(1808~1873) : 프랑스 제2공화국 대통령과 제2제정 황제를 지냈다. 바댕게 Badinguet는 그의 이명(異名)이다.
2) Victor-Henvi Rochefort(1830~1913) : 프랑스 제2왕정과 제3공화정 때의 언론인. 나폴레옹 3세 체제에 반대해서 추방당했다.

왔다. 아무도 우리가 어디에 있는지 알지 못했다. 나는 다시 객차에서 내려서 비탈 위에 앉아 빵을 조금씩 먹고 물도 조금 마셨다. 그때 멀리서 폭풍 소리 같은 것이 들렸다. 그 소리는 노호하듯 불꽃들을 뱉어내며 가까워졌고, 말과 사람, 빛 들이 이룬 폭풍 속에서 청동 구멍이 반짝거리는 대포들을 실어 나르는 포병 기차의 끝없는 행렬이 급속도로 지나쳤다. 5분 후에 우리는 다시 천천히 출발했지만 이후 여러 차례 멈춰서야 했는데, 그 정지 시간은 점점 더 길어졌다. 마침내 날이 밝아왔고, 밤새 기차의 진동 때문에 피곤해진 나는, 객차 입구에 기대어, 우리를 둘러싸고 있는 들판을 바라보았다. 지평선에 이르러 끝이 나는 듯한 연속적인 하얀 평원들, 병든 터키옥색 같은 창백한 초록의 선, 단조롭고 슬프며 연약한 고장, 샹파뉴 지방의 황무지!

조금씩 태양이 달아오르는 가운데, 우리는 계속해서 갔고 마침내 목적지에 도착했다! 저녁 8시에 출발하여 우리는 다음 날 오후 3시에 살롱에 도착했다. 시냇가에 이르러 기차의 천장에 머리를 찍힌 병사와 다리 가장자리에 부딪혀 머리가 부서진 병사는 동참하지 못했다. 나머지 병사들은 기차역 주변의 길을 가다가 맞닥뜨린 오두막집들과 밭들을 약탈한 뒤에, 입술은 포도주로 부풀어오르고 눈은 무거운 채로 장난을 치거나 한 객차에서 다른 객차로 나뭇가지들과 훔친 닭들을 서로 던지고 있었다.

하차는 출발 때와 똑같은 순서로 진행되었다. 아무것도 준비된 것이 없었다. 군용 식당도, 깔고 잘 밀짚도, 외투도, 무기도 없었다. 정말로 아무것도. 얼마 전에 전선을 향해 출발한 군대가 머물렀던, 퇴비와 이로 가득 찬 천막들만이 있을 뿐이었다. 3일 동안 우리들은 무르물랑에서 되는 대로 살았다. 하루는 소시지를 먹고 다른 날은 우유를 탄 커피를 한 사발 마셨다. 주민들에게 과도하게 착취당하면서, 밀짚도 깔지 않고 이불도 없이 아무렇게나 잠을 잤다. 이 모든 것들이 우리에게 의무로 지워진 이 직업을 대하는 데 정말로 어떠한 흥미도 유발하지 않았다.

일단 자리를 잡자 중대별로 나뉘었다. 노동자들은 그들의 동료들이 거처하는 천막으로 갔고, 중산층의 사람들도 그들끼리 모였다. 내가 있던 천막의 구성원들은 나쁘지 않았다. 왜냐하면 원래 발냄새가 심한 데다가 오랫동안 지속된 스스로의 무관심으로 인해 더욱 심해진 발의 악취를 풍기는 두 명의 남자들을 우리들이 병을 휘둘러 쫓아내는 데 성공했기 때문이다.

하루나 이틀이 지나갔다. 우리들은 명령에 따라 말뚝들을 이용하여 보호막을 만들었고, 화주를 많이 마셨다. 무르물랑의 갈보집들이 계속 가득 찼을 때에 갑자기 캉로베르는 군기가 꽂혀 있는 군대 선두에서 우리 부대를 열병했다. 큰 말 위에 올라타서 안장 위로 몸을 굽히고, 머리를 바람에 휘날리

던, 창백한 얼굴에 잘 다듬은 수염을 기른 그의 모습이 아직
도 눈에 선하다. 불만들이 터져나왔다. 우리들은 이 원수의
말에 설득당하기는커녕 아무것도 받지 못했고, 먹을 것도 거
의 없다는 불만을 합창하듯이 고래고래 소리질러 토해냈다.
그러자 힘으로 우리들이 불평하는 것을 저지하겠다고 그는
말했다. "아니, 그만, 그만! 만 명 모두 엎드려뻗쳐, 파리로!
파리로 가!"

캉로베르는 창백해졌고, 우리들 한가운데 말을 세우고 소
리를 질렀다. "프랑스 원수 앞에서는 모자를 벗어야지!" 종
대들 사이에서 새로운 야유들이 터져나왔다. 그러자 당황한
참모들이 뒤따라왔고, 그는 말고삐를 돌렸다. 손으로 우리들
을 위협하면서 이를 꽉 다물고 소리쳤다. "파리 출신인 당신
들, 이 일의 대가를 톡톡히 치를 것이오!"

이런 사건이 있은 이틀 후, 병영의 얼음 같이 차가운 물 때
문에 심하게 앓은 나는 급히 병원으로 가야 했다. 의사가 다
녀간 후에 나는 짐을 쌌다. 다리를 질질 끌면서 절뚝거리고,
무거운 짐 때문에 땀을 뻘뻘 흘리면서, 하사관의 감시하에
떠났다. 그러나 병원이 가득 차서 돌려보내졌다. 그래서 나
는 가장 가까운 이동 야전 병원으로 갔다. 다행스럽게도 거
기엔 침대가 하나 비어 있었다. 나는 마침내 짐을 내려놓았
다. 군의관에게서 움직이지 말라는 명령을 받기 전에 건물들
사이에 있는 작은 정원으로 산책을 나갔다. 갑자기 삐죽삐죽

한 수염에 청록색 눈을 가진 남자가 문 앞에 나타났다. 그는 적갈색 가운에 손을 집어넣고, 나를 알아보기도 전에 멀리서 소리쳤다.

"어이! 이봐요! 당신 거기서 뭐 해요?"

나는 다가가서 정원에 나온 이유를 설명했다.

그가 팔을 휘두르며 소리쳤다.

"들어가세요! 당신은 환자복을 지급받은 후에야 정원을 산책할 수 있어요."

나는 대기실로 들어갔다. 남자 간호사가 내게 군용 외투, 바지, 실내화, 모자를 건네주었다. 이렇게 옷을 입은 나는 작은 거울을 봤다. 맙소사! 거무스레해진 눈, 창백한 안색, 짧게 자른 머리, 개기름이 흐르는 콧등하며 게다가 생쥐의 털 같은 회색의 커다란 환자복, 누렇게 바랜 벽돌색 바지, 굽도 없는 거대한 실내화와 면으로 된 무지막지하게 큰 모자를 쓴 나는 정말로 끔찍하다. 나는 웃음을 참을 수가 없었다. 나는 고개를 옆 침대에 있는 남자에게로 돌렸다. 그는 유대인처럼 생긴 키가 큰 남자다. 수첩에 내 초상화를 그리고 있었다. 우리는 곧 친구가 되었다. 나는 그에게 내 이름이 외젠 르장텔 이라고 말했다. 그의 이름은 프랑시스 에모노라고 했다. 우리는 서로 아는 화가에 대해 이야기했다. 미학에 대한 대화를 나누면서 우리의 불행한 처지를 잊었다. 밤이 되어 콩이 점점이 박혀 있는 삶은 고기와 묽은 닭고기 국물을 배급으로 받았다. 나는 거추장스런 옷들을 몸에 걸치지 않고, 긴 장화를 벗은 채로 침대에 누울 수 있다는 사실에 기뻐하며 옷을 벗었다.

다음 날 아침 시끄럽게 여닫는 문소리와 말소리 때문에 6시경에 잠에서 깨어났다. 나는 눈을 비비면서 몸을 일으켰다. 나는 전날 본 그 남자를 알아보았다. 그는 적갈색의 가운을 계속 입고 있었다. 그가 위엄을 갖추며 다가오는데, 남자 간호사들이 그의 뒤를 따르고 있었다. 그는 군의관이다.

안에 채 들어서기도 전에 그는 오른쪽에서 왼쪽으로 왼쪽에서 오른쪽으로 침울한 청색의 눈을 돌리더니 손을 주머니에 집어넣고 외쳤다.

"1번, 다리 보여봐…… 네 더러운 다리 말이야. 어! 상태가 안 좋군. 상처가 곪아서 마치 샘물처럼 흐르는군. 깨끗한 물로 닦아내고 붕대를 감아줘. 그리고 식사는 반만 주고 감초차를 줘."

"2번, 네 목구멍을 보여봐…… 너의 더러운 목구멍 말이야. 점점 더 상태가 나빠지는군. 내일 편도선을 잘라야겠어."

"하지만, 의사 선생님……"

"어! 나는 너에게 아무것도 물어보지 않았어. 한 마디만 더 하면 절식이야."

"그렇지만……"

"이 사람은 절식이에요. 쓰세요. 절식, 함수제, 감초차."

그는 이렇게 성병 환자와 부상자, 열병 환자와 이질 환자, 모두에게 감초차를 처방하면서 환자들을 검열했다.

그는 내 앞에 와서 나를 살펴보더니 이불을 걷어치우고 내 배를 주먹으로 몇 대 치고는 알부민 액과 그 피할 수 없는 차를 처방하고는, 코를 킁킁거리며 냄새를 맡으면서 다리를 질질 끌며 나갔다.

내 주위에 있는 사람들과의 생활은 힘겨운 것이었다. 우리 방에는 스물한 명이 있었다. 내 왼편으로는 화가인 내 친구가 있었고 오른쪽에는 마치 골무처럼 얼굴이 얽고 담즙이 담긴 유리잔처럼 노란, 나팔수처럼 키가 큰 남자가 있었다. 그는 두 개의 직업을 가졌는데 낮에는 구두 수선인, 밤에는 창녀들의 기둥서방이었다. 요컨대 그는 우스꽝스러운 사람이었다. 그는 창녀들이 일을 활기차게 하도록 어떻게 구둣발질을 했는지 무척 천진스럽게 말할 때, 머리, 손을 아래로 해서 거꾸로 뛰어다녔고, 감동적인 목소리로 사랑 노래를 부르곤 했다.

　　나는 나의 불행-행(幸) 속에서,
　　한 제비의 사랑만을 간직했네!

1리터들이 술을 그에게 20수[3]를 주고 사면서 나는 그의 호

---

3) sou. 프랑스의 화폐 단위로, 20수＝1프랑franc에 해당한다.

의를 샀다. 그리고 우리는 그와 사이가 나빠지지 않도록 애썼다. 왜냐하면 한방에 같이 있는 다른 사람들 중 일부분은 모베 거리의 뚜쟁이들이었는데 우리에게 시비를 걸 일만을 찾고 있었기 때문이다.

어느 날 저녁, 그때가 8월 15일이었는데, 프랑시스 에모노는 그의 수건을 훔쳐간 두 남자에게 뺨을 때리겠다고 위협했다. 그러자 끔찍한 소동이 방에서 일어났다. 욕설들이 비오듯 쏟아졌고 그들은 우리를 "나쁜 놈, 제비족 새끼"라고 불러댔다. 열아홉 명 대 두 명이라서 우리는 심한 구타를 당할 상황에 처했는데, 그 나팔수가 중재하여 가장 악랄한 사람들을 떼어놓고 그들을 얼러주었으며, 도난당한 수건을 돌려받게 해주었다. 이 긴장 후에 일어난 화해를 축하하기 위해서 프랑시스와 나는 3프랑씩 돈을 냈다. 나팔수는 몇몇 동료들의 도움을 받아서 이동 야전 병원 밖으로 몰래 빠져나가 고기와 포도주를 사오기로 약속했다.

군의관 방 창문의 불빛이 꺼지자 약사도 마침내 불을 껐다. 우리는 덤불 밖으로 기어나가 주위를 살핀 뒤에 신호를 보냈다. 나팔수 일행은 벽을 따라 가다가 슬그머니 밖으로 빠져나가는데, 도중에 보초들을 만나지 않았다. 그들은 서로 등으로 사다리가 되어주면서 들판 속으로 뛰어내렸다. 1시간 후에 그들은 먹을 것을 잔뜩 갖고 돌아왔다. 그것들을 우리에게 건네주고 그들은 공동 침실로 들어갔다. 우리들은 두 개의 경계등을 끄고, 초들을 모두 바닥에 두고 불을 붙였다. 그리고 내 침대 주위로 삥 둘러앉았다. 1리터들이 포도주를 세 병 내지 네 병을 마시고 양고기를 절반 넘게 먹었을 때 장화 소리가 크게 들려왔다. 내가 실내화로 촛불들을 껐고, 우리들은 각자 침대 속으로 도망치듯 들어갔다. 문이 열리고 군의관이 나타나서는 "빌어먹을!"이란 소리를 크게 질러대더니 어둠 속에서 비틀거리며 밖으로 나갔다가, 그를 꼭 따라다니는 수행원들인 간호사들과 함께 큰 등을 들고 돌아왔다. 나는 그 틈을 이용해서 우리들이 연회에서 먹다 남은 음식들을 숨겼다. 군의관은 빠른 걸음으로 공동 침실을 가로지르면서 욕을 해댔고, 우리 모두를 붙잡아서 영창에 처넣어버리겠다고 위협했다.

우리들은 이불 속에서 자지러지게 웃어댔고, 공동 침실 한쪽 끝에서는 팡파르 소리가 터져나왔다. 군의관은 우리 모두에게 절식을 명하고는 그가 얼마나 화가 났는지 우리들이 곧 알게 될 것이라고 경고하면서 가버렸다.

그가 떠나자 우리들은 서로 앞다투듯 웃어댔다. 웃음 때문에 몸을 굴리는 소리, 분출하듯 터지는 웃음소리들이 우르르 울리면서 불꽃이 튀듯 터져나왔다. 나팔수는 공동 침실 바닥에서 재주를 부리며 옆으로 굴렀고, 그의 친구들 중의 하나는 그와 마주 보며 몸을 굴렸다. 세번째 남자는 마치 점프대 위인 양 침대 위에서 팔을 흔들면서 웃옷이 벗겨질 정도로 뛰어오르기를 반복했다. 그 옆에 있는 남자는 승리에 찬 캉 캉 춤을 추기 시작했다. 군의관이 갑자기 들어와서 네 명의 전열 보병들에게 춤을 추는 사람들을 체포하라고 명령한 뒤에, 보고서를 써서 책임자에게 보낼 것이라고 소리질렀다.

마침내 조용해졌다. 다음 날 우리들은 남은 음식들을 간호사들에게 팔았다. 다른 사건 없이 시간은 흘러갔다. 이동 야전 병원에서 우리들은 권태로워 죽을 지경이었는데, 어느 날 군의관이 공동 침실로 뛰어 들어와, 군복을 입고 짐을 싸라고 우리에게 명령했다.

10분 뒤에 우리들은 프로이센 군이 살롱을 향해 온다는 사실을 알게 됐다.

온 방안이 침울하고, 아연실색한 분위기에 빠져들었다. 그 때까지 우리들은 그러한 상황을 짐작도 못하고 있었다. 우리는 너무나도 유명한 자르브뤼켄[4]의 그 승리를 알고 있었고, 거듭된 패전으로 우리가 괴로운 상황에 처해 있으리라고는 생각도 못했다. 군의관은 병자들을 한 명씩 진찰했다. 모두가 너무도 오랫동안 감초차만 넘쳐 흐르도록 마셨을 뿐, 적당한 치료들을 받지 못했기에 치유된 사람이 한 명도 없다. 그렇지만 그는 덜 아픈 사람들을 부대로 돌려보냈다. 그리고 남은 사람들은 모두 짐을 꾸려놓고, 옷을 입은 채로 침대에

---

4) Saarbrücken. 독일 남서부 자를란트의 주도. 자르 강 유역으로 프랑스-프로이센 전쟁(1870~1871) 당시 격전지였다.

누워 있으라고 명령했다.

프랑시스와 나는 후자에 속했다. 낮이 다 지나가고 밤이 되었지만 아무 일도 없었다. 그러나 나는 계속된 복통으로 고통에 시달렸다. 마침내 아침 9시경에 수송병들이 이끄는, 부상병을 앉힐 의자가 딸린 안장을 채운 수송용 노새의 긴 행렬이 나타났다. 우리는 두 명씩 올라탔다. 프랑시스와 나는 같은 노새에 탔는데, 그는 매우 뚱뚱하고 나는 매우 말라서 한쪽으로 기울어졌다. 나는 위로 올라갔고, 그는 노새의 아랫배까지 내려갔다. 노새를 앞에서 끌고 뒤에서 밀자 그 짐승은 온몸을 떨면서 미친 듯이 뒷발을 찼다. 안장의 막대기에 의지하여 매달려가는 우리는 먼지때문에 앞을 볼 수 없는 지경이었다. 눈을 감은 어리둥절한 상태로 이리저리 흔들리면서, 웃고 투덜거리면서 출발했다. 우리는 거의 반죽음이 된 채로 살롱에 도착했다. 우리는 기진맥진한 가축처럼 모래 위로 떨어졌다. 그러고 나서 기차 안에 실렸고, 그 도시를 떠나 알지 못하는 곳을 향하여 갔다…… 아무도 우리가 어디로 가는지 알지 못했다.

밤이 되었다. 우리는 계속 레일 위를 날듯이 달리고 있었다. 병자들은 객차에서 나와 승강대 위를 거닐고 있었다. 기차는 기적을 울리고 속도를 조금 늦추면서 한 역에서 정차하는데, 확신할 수는 없지만, 내가 짐작하기로는 랭스 역인 것 같았다. 우리는 배가 고파 죽을 지경이었다. 군 재무국은 단한 가지 사실을 잊고 있었다. 우리가 이동하면서 먹을 빵을 주지 않았던 것이다. 나는 내려서 역 구내 식당이 하나 열려 있는 것을 확인했(?)다. 나는 달려가지만 다른 이들이 나를 앞서 갔다. 내가 거기에 도착해보니 사람들이 서로 싸우고 있었다. 어떤 이들은 술병을 가로채고 또 다른 사람들은 고기를, 여기서는 빵을 저기서는 담배를 차지했다. 당황하고 분노한 식당 주인은 물통을 휘두르며 자기 가게를 방어했다. 줄을 지어 몰려오는 동료들에 밀려서 기병대의 첫번째 열은 계산대 위로 무너졌고, 식당 주인과 사환들도 같이 넘어졌다. 그러자 철저한 약탈이 이루어졌다. 성냥에서부터 이쑤시개에 이르기까지 모든 것이 사라졌다. 그런 동안에 종이 울리면서 기차가 출발했다. 우리들 중 아무도 그것에 개의치 않았고, 나는 차도에 앉아서 화가에게 그의 기관지가 정상적이며 14행시의 구조가 어떠한지를 설명했다. 기차는 우리들을 찾기 위해 되돌아왔다.

우리는 객차에 다시 올라 노획물들을 검사했다. 솔직히 말하자면 음식들의 종류는 다양하지 않았다. 돼지고기로 만든 햄이나 소시지뿐! 마늘이 가미된 굵고 짧은 소시지 여섯 개, 진홍색의 혓바닥 고기, 큰 소시지 두 개, 이태리 볼로냐산 소시지 한 덩어리, 하얀 줄이 바둑판 모양으로 쳐져 있는 검붉은색의 고기 한 조각, 1리터들이 포도주 네 병, 코냑 반 병과 양초 몇 개였다. 우리는 양초를 물통의 주둥이에 박아넣었는데, 그 물통들을 객차의 칸막이 벽에 끈으로 고정시켰다. 때때로 기차가 갈라진 궤도 위에 오르면 뜨거운 촛농들이 비 오듯 쏟아져 이내 커다란 딱지들처럼 굳어버렸다. 우리들 옷에는 그런 촛농이 마른 자국들이 수도 없이 많았다!

우리들은 곧 식사를 시작했는데, 기차를 따라와 기차 창문을 두드리며 마실 것을 달라는 기동대원들 때문에 중단되곤 했다. 우리는 목청껏 큰 소리로 노래를 부르고 술을 마시며 건배를 했다. 어떤 환자도 우리들처럼 그렇게 시끄러운 소리를 내고, 운행 중인 기차 위에서 그렇게 뛰어다닐 수는 없었을 것이다! 달리는 기적의 안마당 같았다. 불구자들은 다리를 모아 뛰었고, 내장이 불타는 듯한 사람들은 코냑을 마시며 그 불을 껐고, 애꾸눈들은 두 눈을 떴고, 열병 환자들은 깡충깡충 뛰어다녔고, 목구멍이 아픈 이들은 고래고래 소리치며 폭음을 하는 전대미문의 상황이었다!

그렇지만 이런 소동은 결국 잠잠해졌다. 나는 이 소강 상태를 이용해서 창가에 얼굴을 갖다 대었다. 별은 하나도 없었고 달은 끝자락조차 보이지 않았다. 하늘과 땅은 하나가 된 것 같았고 검정 잉크 빛의 이 광활함 속에서 원반 신호기들에 달린, 여러 빛깔의 등불들만이 마치 눈처럼 깜박거리고 있었다. 기관사는 기적을 울리고 기차는 연기를 내뿜으며 쉬지 않고 불꽃들을 토해내고 있었다. 나는 창문을 다시 닫고 내 동료들을 바라봤다. 어떤 이들은 코를 골고, 다른 이들은 기차의 진동 때문에 편치 않아 투덜거리고 욕지거리를 내뱉으면서, 다리를 뻗을 수 있고 기차가 진동할 때마다 흔들리는 머리를 기댈 수 있는 장소를 찾아 끊임없이 몸을 뒤척였다.

그들을 쳐다보다가 나는 잠이 옅게 들기 시작했는데, 기차가 멈추어 깨어났다. 우리는 한 역에 도착해 있었다. 역장실은 밤의 어둠 속에서 대장간의 불처럼 타오르고 있었다. 다리가 저렸고 추위에 몸이 떨려서 조금이나마 몸을 따뜻하게 하기 위해 기차에서 내렸다. 나는 레일을 따라 걸었다. 다른 것으로 교체하기 위해 떼어놓은 기관차를 보러 갔다. 그리고 역장실을 쭉 따라가다 신호 소리와 전보를 치는 똑딱거리는 소리를 들었다. 내 쪽으로 등을 돌리고 있는 역무원은 오른편으로 약간 몸을 기울이고 있었기 때문에 내가 있던 자리에서는 땀이 구슬처럼 맺힌 그의 분홍색 코끝과 뒷머리만 보였다. 반면에 그의 얼굴의 나머지는 가로등 갓이 드리우는 그림자 속으로 사라졌다.

나보고 기차에 다시 오르라고 했다. 그래서 나는 좀 전 모습 그대로의 내 동료들을 다시 만났다. 이번에는 정말로 잠이 들었다. 나의 수면은 얼마 동안 계속되었던 걸까? 모르겠다. "파리! 파리다!"라고 외치는 소리에 나는 잠에서 깨어났다. 나는 문가로 서둘러 갔다. 저 멀리 창백한 금색 선 위로 어둠 속에서 공장의 굴뚝들이 몸을 드러냈다. 우리는 생드니에 있었다. 소문은 객차에서 객차로 전해졌다. 모두가 서 있었다. 기차는 속력을 냈다. 북역이 멀리 보이기 시작하자 우리는 뛰어내렸다. 우리들은 문을 향해 돌진했고, 일부는 도망가는 데 성공했다. 나머지는 역무원들과 병사들에 의해 붙잡혀서 열기를 뿜어내는 기차에 억지로 다시 올랐다. 그리고 어딘지 모르는 곳을 향해 우리는 다시 출발한다!

우리는 또다시 하루 종일 달렸다. 나는 내 눈앞에 질주하는 집들과 나무들의 긴 행렬들을 쳐다보는 데 지쳐갔다. 게다가 복통은 여전했다. 오후 4시경에 기차는 속도를 늦추어 한 플랫폼에서 멈췄다. 거기에는 나이 든 장군이 우리들을 기다리고 있었는데, 그의 주위에는 분홍색 모자와 빨간 바지, 노란 박차가 달린 장화를 갖춘 한 무리의 젊은이들이 까불고 있었다. 장군은 우리들을 열병하고 나서 두 개의 분대로 나눴다. 한 분대는 신학교로, 나머지는 병원으로 향했다. 우리는 아라스에 있는 것 같았다. 프랑시스와 나는 첫번째 분반에 속했다. 사람들이 우리를 짚이 가득 찬 수레에 태웠다. 그리고 우리는 자기 무게를 견디지 못해서 내려앉아 길 안으로 무너지고 싶어하는 것처럼 보이는 큰 건물 앞에 도착했다. 우리는 3층으로 올라가서 서른 개 정도의 침대가 마련된 방으로 들어갔다. 사람들은 짐을 풀고 머리를 빗고 자리에 앉았다. 의사가 한 명 다가왔다.

"어디 아프세요?" 그는 첫번째 사람에게 물었다.

"탄저병입니다."

"아아! 그럼 당신은?"

"이질입니다."

"아! 당신은?"

"림프선종입니다."

"그러면 당신들은 전투에서 부상당한 것이 아닙니까?"

"결코 그렇지 않습니다."

"그래요! 짐을 다시 싸세요. 대주교님은 전쟁 부상병들에게만 신학교의 침대를 제공합니다."

나는 꺼내놓았던 소지품들을 다시 배낭 속에 넣었다. 그리고 우리는 간신히 그 도시의 병원을 향해 다시 출발했다. 거기에도 빈자리가 없었다. 수녀님들이 철제 침대들을 더 바짝 붙여 몰아넣었지만 역부족이었다. 병실들은 가득 차 있었다. 지체되는 이 모든 일들 때문에 피곤해진 나는 침대 매트 하나를 집어들었다. 프랑시스도 매트를 하나 들고 우리는 정원으로 가서 너른 잔디밭 위에 드러누웠다.

다음 날 아침 나는 원장과 얘기를 나눴는데, 그는 싹싹하고 친절한 사람이었다. 나는 그에게 나와 화가가 시내에 나가는 것을 허락해달라고 부탁했다. 그는 수락했고, 문이 열리자 우리는 자유를 찾았다! 마침내 우리는 점심다운 점심을 먹게 되었다! 진짜 고기를 먹고 진짜 포도주를 마시는 것이다! 아, 아! 우리는 주저하지 않고 이 도시에서 가장 멋진 호

텔에 들어간다. 맛좋은 식사를 우리에게 내온다. 식탁 위에
는 꽃들이 있다. 유리로 된 뿔 모양의 꽃병들에 장미와 수령
초의 멋진 다발들이 꽂혀 있다! 보이는 호수처럼 많은 버터
속에 신선함을 드러내고 있는 소갈비를 가지고 온다. 태양은
축제를 시작하여 수저와 나이프의 날을 빛나게 하고, 자신의
금빛 가루를 물병에 통과시켜 체질하고, 포도주잔 안에서 가
볍게 몸을 흔들고 있는 적포도주에게 장난을 치면서 돋을무
늬를 넣어 짠 식탁보에 붉은빛 별을 꽂는다.

　오, 진수성찬의 신성한 기쁨이여! 나는 계속 지껄였고, 프
랑시스는 술에 취했다! 고기 요리 냄새가 꽃향기와 어우러지
고 포도주의 붉은빛은 장미의 붉은색과 광채를 겨룬다. 보이
는 멍청이 같아 보이고 우리들은 식충이들 같지만, 그건 아
무래도 상관없다. 우리는 구운 고기를 먹고 또 먹는다. 부르
고뉴산 포도주를 마시고 보르도산 포도주를 삼켜대며, 코냑
을 마시고 샤르트르 수도원산 약초술을 들이킨다. 파리를 떠
난 후에 우리가 마셔온 싸구려 포도주와 화주는 꺼져버려라!
이름도 없는 맛없는 스튜 요리와 거의 한달 전부터 우리에게
조금씩만 배급되던 정체불명의 그 싸구려 요리들은 없어져
라! 굶주린 사람 같던 우리들의 얼굴은 건강한 혈색을 되찾
아 불그스름해지고, 우리는 고개를 쳐들어 고함치며 마음 내
키는 대로 간다! 이렇게 우리는 도시 전체를 돌아다녔다.

　그러나 저녁이 되어 돌아가야 한다! 노인들의 병실을 지키

고 있던 수녀님이 맑고 부드러운 목소리로 우리에게 말했다.

"군인 아저씨, 지난밤에는 추우셨죠? 이젠 좋은 침대를 갖게 될 겁니다."

그리고 그녀는 천장에 매달린 불이 잘 켜지지 않는 야등 세 개가 정성스레 불을 밝히고 있는 큰 병실로 우리를 인도했다. 나는 깨끗한 침대를 배당받고 빨랫비누의 좋은 냄새가 여태 배어 있는 침대 시트 안으로 기쁨에 넘쳐 들어갔다. 잠이 든 사람들의 숨소리와 코고는 소리만 들렸다. 따뜻했다. 나는 내가 어디에 있는지 모른 채 두 눈을 감고 있었다. 그때 낄낄거리는 소리가 나를 깨웠다. 나는 몸을 일으켰다. 마르고 키 큰 멍한 시선의 한 노인이 다듬지 않은 수염 아래로 침을 흘리며 내 앞에 서 있었다. 무엇을 원하느냐고 그에게 물었다. 대답이 없었다. 나는 그에게 소리를 질렀다.

"가세요, 잠 좀 자게 내버려두세요!"

그가 나에게 주먹을 휘둘렀다. 정신병자가 아닐까 생각했다. 나는 몰래 매듭을 지어놓은 수건을 돌렸다. 그가 한 발 다가왔고 나는 쪽판 마루 위로 뛰어올랐다. 나는 그의 주먹을 막고 그의 왼쪽 눈에 수건을 휘두르며 응수했다. 그는 눈에서 불이 나도록 아찔함을 느끼고는 나에게 달려들었다. 나는 뒤로 물러서서 발로 그의 배를 힘차게 한번 찼다. 그는 꼬꾸라지면서 의자를 쓰러뜨렸는데, 그것은 다시 튀어 올랐다. 공동 침실 안의 사람들이 모두 잠을 깼다. 프랑시스는 나를 도와주기 위해 속옷 바람으로 뛰어왔다. 수녀님이 뛰어오고, 남자 간호사들은 정신병자에게 달려들어 그의 궁둥이를 때려 간신히 그를 다시 재웠다.

공동 침실의 모습은 정말 우스꽝스러웠다. 세 개의 초롱의 타오르는 불빛이, 꺼져가는 세 개의 야등이 주위에 퍼뜨리는 희미한 분홍색 미광의 뒤를 이었다. 타고 있는 심지들 위로 춤추듯 일렁이는 빛이 만들어내는 동그라미 모양들이 비춰진 검은 천장은 막 초벽을 바른 석회석의 색깔을 드러내고 있었다. 오래된 우스꽝스러운 인형들을 모아놓은 것 같은 환자들은 침대 아래의 가는 끈 끝에 매달려 있는 나무 조각을 꼭 쥐어 거기에 꽉 달라붙어 있었고, 다른 손으로는 공포에 질린 듯한 손짓들을 하고 있었다. 이 광경을 보니 내 분노는 사그라졌다. 나는 몸을 배배꼬며 웃었다. 화가는 웃음 때문에 질식할 지경이었고 수녀님만이 진지한 모습을 유지했다. 그녀는 위협하는 말과 함께 기도를 하면서 방 안의 질서를 되찾는 데 성공했다.

밤은 그럭저럭 지나갔다. 아침 6시, 북소리가 우리들을 모두 모이게 했고, 원장은 환자들을 호명했다. 우리는 루앙을 향해 떠났다.

그곳에 도착하니, 한 장교가 우리를 인도한 그 가여운 사람에게 병원이 만원이어서 우리를 받아들일 수 없다고 말했다. 기차가 오기 전까지 우리는 1시간의 여유가 있었다. 나는 역의 한 구석에 배낭을 내던졌다. 내 배는 꾸르륵거렸지만, 프랑시스와 나는 생투안 교회 앞에 서서 감탄하고, 오래된 집들 앞에서는 경탄을 표하면서 무작정 돌아다녔다. 계속된 감탄으로 너무 많은 시간이 흐른 뒤에야 역으로 돌아가야겠다는 생각이 들었다.

"당신 동료들은 이미 오래 전에 떠났습니다. 그들은 에브르에 도착했죠!"라고 역무원이 말했다.

제기랄! 가장 빨리 오는 기차도 9시에나 온다. 저녁 먹으러 가자! 우리가 에브르에 도착하자, 깊은 밤이 되었다. 이런 시간에 들이닥치면 우리는 범죄자들처럼 보일 것이 뻔했으므로 병원에 갈 수는 없었다. 밤은 눈부시게 아름답다. 우리는 이 도시를 횡단하여 평원에 왔다. 건초를 베는 때라서 건초 단들이 무더기로 있었다. 우리는 어느 밭에 있는 작은 건초 더미를 발견하고 거기에 두 개의 안락한 둥지를 마련했다. 그리고 우리가 마련한 잠자리의 냄새 때문인지 아니면 우리를 감동시키는 숲의 짙은 향기 때문인지는 모르겠지만, 서로 예전의 사랑에 대해 이야기하고 싶은 욕구를 느낀다. 그 주제는 끝이 없었다! 그렇지만 차츰 말수가 적어지고 열정이 사그라졌다. 그리고 우리는 잠에 빠졌다. "제기랄! 지금 도대체 몇 시야?"라고 내 친구가 소리쳤다. 나도 잠에서 깨어났다. 해는 곧 뜰 것이다. 왜냐하면 푸른빛을 띤 거대한 커튼은 지평선에서 분홍빛 가장자리 술 장식들을 달고 있으니까. 얼마나 불쌍한가! 병원에 가서 문을 두드리면 요오드 포름 가루의 매운 냄새가 끈질긴 후렴구처럼 되풀이되어 풍기고, 그 냄새가 밴 방에서 잠을 자야 한다!

우리는 매우 침울해져서 병원으로 가는 길에 오른다. 문이 열렸다. 그러나 슬프다! 우리들 중에 한 명, 프랑시스만 받아들여졌다. 그리고 나는 고등학교로 보내졌다.

정상적인 생활을 영위하는 것이 더 이상 가능하지 않았다. 나는 도망칠 계획을 하고 있었는데 그때 근무 중이던 인턴이 안마당으로 내려왔다. 나는 그에게 내 법학과 학생증을 보여 주었다. 그는 파리를, 라탱 거리를 알고 있었다. 나의 처지를 그에게 설명했다. "프랑시스가 이 고등학교에 오거나 아니면 내가 병원에 가서 그와 함께 지내야 합니다"라고 나는 그에게 말했다. 그는 생각에 잠겼다. 저녁에 침대 가까이 다가온 그는 내 귀에 대고 이런 말을 했다. "내일 아침에 고통이 더 심해졌다고 말하십시오." 다음 날 실제로 7시경에 의사가 모습을 나타냈다. 선량하고 훌륭한 남자인데 그는 단지 두 가지 결점만을 갖고 있었다. 하나는 그가 풍기는 고약한 입냄새였고, 다른 하나는 어떠한 희생을 치르더라도 환자들로부터 벗어나고자 하는 것이었다. 매일 아침 다음과 같은 장면이 일어났다.

"아, 아! 이 건장한 사람 보게, 얼마나 건강해 보여! 안색도 좋고 열도 없군. 일어나 봐요. 그리고 커피나 마시러 가시오. 그러나 바보 같은 짓들은 하지 말아요, 알겠죠? 여자 뒤 꽁무니를 쫓아다니지 말란 말이오. 퇴원 허가서에 사인을 해 주죠. 내일 군대로 돌아가세요"라고 그는 큰소리로 말하곤 했다. 아프건 아프지 않건 간에, 그는 매일 세 명의 환자들을 돌려보냈다. 그날 아침 그는 내 앞에 멈춰서서 말했다.

"아, 아! 이봐요, 청년, 당신 안색이 좋아졌군요!"

나는 항의했다. "지금처럼 아픈 적은 없었어요!" 그가 나의 배를 만졌다. "그러나 더 나아졌어요. 배가 덜 딱딱하군요." 나는 항의했다. 그는 놀란 것 같아 보였다. 그러자 인턴이 작게 그에게 말했다.

"아마도 관장을 시켜야 할 것 같습니다. 그런데 여기는 관장기도 관장 주입기도 없으니까 이 사람을 병원에 보내는 것이 어떨까요?"

"저런, 그래, 자네 생각 좋구먼" 하고 그 선량한 남자는 나로부터 벗어난다는 사실에 대단히 기뻐하며 말했다. 그리고 즉석에서 병원 입원서에 사인했다. 나는 행복해하며 내 배낭을 챙겼다. 고등학교 잡역부의 보호를 받으며 나는 병원에 들어갔다. 프랑시스를 다시 만난다! 믿어지지 않을 정도로 다행스럽게, 그가 누워 있는 생뱅상의 복도에는 그의 침대와 가까운 곳에 빈 침대가 하나 있었다! 우리는 마침내 다시 모였다! 우리 침대들 외에도 노란색으로 칠한 벽들을 따라 야 영용 침대가 다섯 개 일렬로 놓여 있다. 전선에서 싸운 병사한 명, 포병 두 명, 용기병 한 명과 경기병 한 명이 거기에 누워 있었다. 이 병원의 나머지 환자들은 미치거나 망령 든 노인들, 구루병에 걸리거나 다리 병신인 젊은이들, 이동 야전 병원들을 전전하다가 여기에 온, 막마옹 군대에서 낙오된 많은 병사들이다. 프랑시스와 나만 센 강 기동헌병대 군복을 입고 있었다. 우리 가까이 누워 있는 사람들은 꽤 친절한 사내들인데, 실제로는 무척이나 하찮은 신분에 속했다. 그들 대부분은 농부나 소작농의 아들로, 전쟁이 선포되자 징집된 사람들이었다.

내가 웃옷을 벗고 있을 때 수녀님이 도착했다. 무척이나 가냘프고 굉장히 아름다운 그녀를 나는 계속 쳐다볼 수밖에 없었다. 아름답고 커다란 눈! 황금색의 긴 속눈썹! 아름다운 치아!—그녀는 나에게 왜 고등학교에서 나왔는지를 물었다. 나는 관장기가 없어서 나오게 되었다는 사실을 모호한 말들로 둘러댔다. 그녀는 부드럽게 미소 지으며 나에게 말했다.

"아! 군인 아저씨, 그 기구 이름을 정확히 밝히셔도 괜찮아요. 우리는 그런 것들에 익숙해 있으니까요."

나는 그런 일들에 익숙해 있는 그녀가 가엾게 여겨졌다. 왜냐하면 병사들은 그녀 앞에서 추잡한 말들을 서로 나누었기 때문이다. 게다가 나는 한 번도 그녀가 얼굴을 붉히는 것을 보지 못했다. 그녀는 눈을 아래로 내리깔고 그들 사이를 말없이 지나치면서 주위에서 들려오는 짓궂은 농담들을 못 들은 척하곤 했다.

신이시여! 얼마나 그녀는 나에게 정성을 다했는지! 아침 마다 태양이 타일 바닥 위로 창살들이 만들어낸 어둠을 거두고 있을 때, 복도 끝에서 모자의 큰 챙으로 얼굴을 둘러싼 채 천천히 다가오는 그녀의 모습이 아직도 생생하다. 그녀는 김이 나는 접시를 가지고 내 침대 가까이 왔다. 그 접시 가장자리에는 잘 다듬어진 그녀의 손톱이 반짝이고 있었다. "오늘 아침엔 수프가 약간 묽어요." 그녀는 예쁜 미소를 지으며 말했다. "코코아를 갖다 드릴게요. 따뜻할 때 어서 드세요!"

그녀가 나를 정성스럽게 보살폈지만, 나는 그 병원에서 권태로워 죽을 지경이었다. 내 친구와 나는 침대 위에서 참을 수 없을 정도로 긴 낮 시간들을 바보 같은 무기력함 속에 빠져 보내는 지경에 이르렀다. 우리에게 주어진 유일한 기쁨은 점심과 저녁식사 시간이었는데, 그것마저 삶은 소고기, 수박, 자두와 포도주 한 방울뿐이어서 한 사람의 식사로 부족한 양이었다.

수녀님들에게 친절을 베풀고, 그녀들을 위해서 약 이름표를 써준 덕분에 나는 갈비와 병원 과수원에서 수확한 배를 가끔씩 먹을 수 있었다. 그러므로 나는 병실에 뒤죽박죽 뒤섞여 빽빽이 누워 있는 다른 병사들에 비해 나은 형편이었다. 그러나 처음 얼마 동안 나는 매번 아침을 먹을 수가 없었다. 그때는 의사의 왕진 시간이었고, 그가 그때를 수술 시간으로 잡았기 때문이다. 내가 도착해서 둘째 날에 그는 한 환자의 넓적다리를 위부터 아래까지 갈랐다. 가슴을 찢는 듯한 비명 소리가 울렸다. 나는 눈을 감았지만 완전히 감지는 않았기에 붉은색의 굵은 빗방울들이 그의 앞치마 위 사방으로 뿌려지는 것을 보았다. 그날 나는 아침을 먹을 수가 없었다. 그렇지만 결국 나는 차츰차츰 익숙해졌다. 얼마 후 나는 고개를 돌리고 피가 내 수프에 튀지 않도록 조심하면서 먹을 수 있게 되었다.

그렇게 지내는 시간은 견딜 수 없을 정도로 무료했다. 우리는 신문과 책을 구하고자 했으나 성공하지 못했고, 기껏해야 변장을 하고 경기병 옷을 입고 웃어보는 데 만족해야 했다. 그러나 이런 유치한 즐거움도 곧 시들해졌다. 우리는 몇 마디 나누다가 길다란 베개 속에 머리를 푹 박고 20분마다 기지개를 켰다.

동료들과의 대화도 오래 나눌 수 없었다. 포병 두 명과 경기병은 너무 아파서 이야기조차 할 수 없었다. 용기병은 이야기 대신 "빌어먹을"이란 욕설만 해댔고, 줄곧 일어나 있으면서 커다란 하얀 외투를 입은 채로 화장실에 갔다가, 돌아올 때는 맨발에 짓이겨진 똥을 묻혀왔다. 병원에는 실내 변기가 없었다. 그렇지만 몇 명의 중환자들은 침대 아래에 오래된 냄비를 두고 있었는데, 회복기의 환자들은 그것을 맛있게 요리하여 수녀님들에게 제공하겠노라고 농을 던졌다.

그러므로 우리가 상대할 사람은 전선에서 싸웠던 병사뿐이었다. 그러나 식료품 가게의 불쌍한 점원 출신으로 한 아이의 아버지인 그는, 전쟁이 나자 소집된 사람으로 계속해서 열병에 시달려 여러 개의 이불을 덮고도 몸을 떨고 있었다.

우리는 침대 위에 각자 책상다리를 하고 앉아 그가 참전했던 전투 이야기를 듣곤 했다.

프뢰스빌레 가까이, 나무로 둘러싸인 벌판에 던져진 그는 하얀 연기 다발들 속에 흐르는 붉은 미광들을 보았다. 그리고 포탄 소리에 놀라고, 총탄 소리에 겁먹어서, 고개 숙인 채 몸을 덜덜 떨고 있었다. 그는 군대들 속에 섞여 비옥한 땅 위를 걸었다. 그는 자신이 어디에 있는지 몰랐는데, 프로이센인은 한 명도 보이지 않았고, 짧은 비명이 뒤섞인 신음 소리들이 옆에서 들려왔다. 그리고 그 앞에 열병해 있던 병사들이 갑자기 몸을 돌려 뒤로 도망쳤다. 그 혼란의 와중에 그는 무엇 때문이었는지 모르겠지만 땅에 고꾸라졌다. 그는 다시 일어나 총도 배낭도 버리고 도망쳤다. 결국 8일 동안을 걸어야 했던 그는 두렵고, 지치고, 배가 고파서 모든 기운이 빠진 상태로 참호 안에 앉아 있었다. 거기서 포탄 소리에 얼이 빠지고 움직일 수 없는 채로 무기력하게 있었다. 그는 더 이상 저항하지도 움직이지도 않으리라 결심했다. 그리고 자기 부인에 대한 생각으로 울었고, 무슨 죄를 지었기에 이렇게 고통을 당할까 자문했다. 그러다가 이유는 모르겠지만 나뭇잎 하나를 간직했다. 그는 그 나뭇잎에 집착하는 것 같았다. 왜냐하면 주머니 깊숙이 넣어둔, 말라서 쪼글쪼글해진 그 나뭇잎을 종종 우리에게 보여줬기 때문이다.

그러는 동안 한 장교가 권총을 손에 쥐고 나타나 그를 겁쟁이로 취급하고, 걸어 나가지 않으면 머리를 날려버리겠다고 위협했다. 그는 말했다. "그편이 더 낫어요. 아! 차라리 죽어버렸으면!" 그 순간, 그를 일어서게 하려고 그를 흔들어대던 장교가 목덜미에 피를 쏟아내면서 나자빠졌다. 그래서 두려움이 엄습하여 그는 도망쳤고 멀리 있는 어떤 길에 다다를 수 있었다. 그곳은 피난민들로 넘쳐났고, 군인들로 까맣게 채워져 있었다. 그 길은 끌려가는 말들의 마구들로 고랑이 파였고, 죽어가는 말들은 군대의 열을 흩뜨리고 있었다.

마침내 후퇴하기 시작했다. 배반감으로 울부짖는 외침들이 군대를 들썩이게 했다. 노병들은 확고한 것 같았지만 신병들은 계속해서 진군하기를 거부했다. "그들이 죽으러 가도록 내버려두기를." 노병들은 장교들을 가리키며 말했다. 그것이 그들의 직업이니까! "나로 말할 것 같으면, 나는 자식이 딸린 몸이야. 내가 죽으면 국가는 우리 애들을 먹여주지 않아!" 그리고 그들은 이동 야전 병원에 피신할 수 있었던, 경미한 부상을 입은 사람들과 병자들의 팔자를 부러워했다.

"아! 얼마나 무서운지 몰라요. 그리고 어머니를 찾아대고, 마실 것을 달라던 사람들의 목소리가 얼마나 귀를 떠나지 않는지." 그는 몸을 부르르 떨며 덧붙였다. 그는 입을 다물었고, 기쁨에 겨운 모습으로 복도를 쳐다보다가 다시 말을 이었다. "그래도 괜찮아요, 나는 여기 있어서 행복하니까요. 그리고 보시다시피 내 마누라는 나에게 편지를 쓸 수 있어요." 그는 바지에서 편지들을 꺼내서는 으쓱대면서 말했다. "꼬마가 글을 썼어요, 보세요." 그는 그의 아내의 서투른 글씨들 아래, 편지지 하단에 잉크 얼룩들 속에 막대기를 긋듯이 쓴, 받아쓴 것 같은 "아빠 사랑해요"란 글자를 보여주었다.

우리는 이 이야기를 적어도 스무 번은 들었고, 아들이 있다는 사실 때문에 기쁨에 겨워하는 이 사람이 늘어놓는 지루한 이야기들을 견디기 힘들 정도로 많은 시간 동안 들어줘야 했다. 우리는 그의 말을 더 이상 듣지 않기 위해서 결국 두 귀를 막고 자는 척했다.

이런 참담한 생활은 계속될 듯했다. 그러던 어느 날 아침, 평소 습관과 달리 전날 낮 시간 동안 내내 안마당을 배회하던 프랑시스가 나에게 말했다. "어이! 외젠, 들판의 공기 좀 쐬러 갈래?" 나는 귀를 쫑긋 세웠다. "정신병자들을 위한 안마당이 있어." 그는 계속해서 말했다. "거기엔 사람들이 없어. 독방들이 있는 건물의 지붕에 기어 올라가면, 그런데 창문들에 설치된 쇠창살들 덕분에 그건 쉬운 일이야, 우리는 담 꼭대기에 갈 수 있어. 거기서 뛰어내리면 우리는 들판으로 떨어질 수 있지. 이 담에서 두 발짝만 가면 에브르의 성문들 중의 하나가 있어. 어떻게 생각해?"

"나는…… 나는 정말로 나가보고 싶어. 그런데 어떻게 돌아와?"

"나도 몰라. 그건 이후에 생각하고 우선 나가보자. 일어나, 수프를 갖다줄 거야. 그후에 담을 뛰어넘자."

나는 일어났다. 병원엔 물이 모자랐기 때문에 수녀님이 갖다준 탄산수로 얼굴을 씻어야 했다. 나는 탄산수 병을 집어들어 "불이야"라고 외치는 화가에게 겨누었다. 나는 그것을 방아쇠를 당기듯 눌러서 그의 얼굴 한복판에 쏟아 부었다. 이번에는 내가 그의 앞에 섰다. 나의 수염 위로 물이 쏟아졌다. 나는 탄산수로 코를 문지르고 얼굴을 닦았다. 우리는 채비를 다하고 아래로 내려갔다. 안마당엔 사람이 없다. 우리는 벽을 기어올랐다. 프랑시스는 힘을 모아 뛰어올랐다. 나는 담 꼭대기에 말 타듯 걸터앉아서 내 주위를 재빨리 둘러봤다. 아래엔 도랑이 하나 있고 풀들이 있다. 오른쪽엔 이 도시의 성문들 중의 하나가 있고, 멀리 숲은 양털처럼 보이는데 창백한 청색 띠 위로 주황색 균열부들을 보이고 있다. 나는 서 있었다. 안마당에서 소리가 들렸다. 나는 뛰어내렸다. 우리는 성벽을 따라갔다. 우리는 에브르에 있다!

"우리 먹으러 갈까?"

"찬성."

숙소를 찾아가는 도중에 우리는 엉덩이를 흔들며 걷는 두 명의 자그마한 여자들을 만났다. 우리는 그녀들을 따라가 점심을 사주겠다고 제안했다. 그녀들은 거절했다. 우리가 간청하자 좀더 부드러운 태도로 거절했다. 우리가 계속 애걸하자 그녀들은 승낙했다. 우리는 파이, 술, 달걀, 차가운 닭고기를 마련하여 그녀들의 집에 갔다. 라일락꽃과 초록색 잎들이 점점이 그려진 벽지가 발린 밝은 방에 우리가 있다는 사실이 우스꽝스러워 보였다. 십자형 유리창들에는 무늬가 있는 짙은 분홍색 천으로 된 커튼이 있고, 벽난로에는 거울이 있으며, 바리새인들에게 고통받는 그리스도가 조각된 판화, 야생 벚나무로 만든 의자 여섯 개, 프랑스 왕들이 그려진 방수포를 깐 원형 식탁, 면으로 된 분홍색 털이불이 있었다. 우리는 식탁을 차리고, 탐욕스러운 눈으로 우리 주위를 도는 여자들을 바라본다. 수저를 놓는 데 오랜 시간이 걸린다. 왜냐하면 우리는 그녀들이 지날 때마다 붙잡아서 키스를 해댔기 때문이다. 그런데 그녀들은 못생기고 바보 같다. 그렇지만 그것이 우리에게 무슨 상관인가? 우리가 여자의 입술 냄새를 맡은 지가 무척이나 오래되었으니!

나는 닭을 잘랐다. 술병 마개들은 튀어올랐고, 우리는 서사 시인처럼 술을 마셨고 식인귀처럼 게걸스레 먹었다. 우리는 김이 오르는 커피잔에 코냑을 넣어 금빛으로 물들였다.

슬픔은 날아갔다. 펀치는 빛났고, 버찌 술의 푸른 불꽃들은 탁탁 소리를 내는 샐러드 그릇 속에서 휘날렸다. 여자들은 머리가 헝클어지고 가슴은 파헤쳐진 채로 재미있어 했다. 갑자기 교회의 종이 천천히 네 번 울렸다. 4시다. 그럼 병원은, 하느님 맙소사! 우리는 병원을 잊고 있었다! 나는 창백해졌고, 프랑시스는 질겁하여 나를 쳐다봤다. 우리는 집주인들의 품에서 빠져나와 될 수 있는 대로 빨리 밖으로 나왔다.

"어떻게 들어가지?" 화가가 말했다.

"어쩌지! 선택의 여지가 없어. 우리는 빨리 서둘러야 수프를 먹는 시간에 도착할 수 있어. 신의 은총을 빌자. 큰 문으로 들어가자!"

우리는 도착해서 벨을 눌렀다. 문지기 수녀님이 문을 열어주러 와서 대경실색했다. 우리는 인사를 하고 나서, 그녀가 들을 수 있도록 큰 소리로 말했다.

"이봐, 자네 아나? 경리국 사람들은 친절하지 않아. 특히 그 뚱뚱한 이는 우리를 어느 정도 친절하게 맞아주었는데……"

수녀님은 아무 말도 하지 않았다. 우리는 전속력으로 방을 향해 뛰었다. 시간이 되었다. 앙젤 수녀님이 음식을 배급하는 소리가 들렸다. 나는 잽싸게 침대 위에 누워 나와 놀아난 여자가 내 목 위에 남겨 놓은 키스 마크를 손으로 감췄다. 수녀님은 나를 보고, 내 눈에서 평소와는 다른 광채를 발견하고는 관심을 보이며 나에게 물었다.

"더 아파요?"

나는 그녀를 안심시키고 나서 그녀에게 대답했다.

"수녀님, 정반대로 몸이 더 좋아요. 그러나 이렇게 할 일 없이 갇혀 지내니까 죽을 지경입니다."

가족들과 멀리 떨어진 시골구석에서, 이 사람들 속에서 내가 느끼는 무시무시한 권태를 그녀에게 설명하자 그녀는 대답을 하지 않았다. 대신 그녀의 입술은 꽉 다물어지고, 그녀의 두 눈은 형언할 수 없는 슬픔과 연민을 띠었다. 그러던 어느 날 그녀가 냉담한 어조로 나에게 말했다. "오! 자유는 당신에게 아무런 가치도 없을 거예요." 그녀가 들은, 프랑시스와 내가 파리 여자들의 성적 매력들에 대해 나눈 대화를 암시하며 한 말이었다. 그러고 나서 그녀의 어조는 부드러워졌고, 매력적인 뾰로통한 표정을 지으며 말했다.

"당신은 정말로 진지하지 않군요, 군인 아저씨."

다음 날 아침 화가와 나는 수프를 삼키자마자 다시 담을 기어오르자고 합의했다. 약속한 시간에 우리는 안마당 주위를 배회했다. 문이 잠겨 있다! "그런들 어때, 더 잘됐네!" 프랑시스가 말했다. "앞으로 전진!" 그러고 나서 그는 병원 정문 쪽으로 향했다. 나는 그를 따라갔다. 문을 지키는 수녀님이 어디 가느냐고 물어봤다. "경리국에 갑니다." 문이 열리고 우리는 밖으로 나왔다.

큰 광장에 도착해서, 교회 맞은편에 서서 현관의 조각들을 응시하고 있었다. 그러다 문득 하얀 수염이 삐죽삐죽 난 붉은 달 같은 얼굴의 남자를 나는 발견했다. 그는 놀란 모습으로 우리들을 쳐다보고 있었다. 우리도 그를 뻔뻔스럽게 바라본 후에 계속해서 길을 갔다. 프랑시스가 목이 말라 죽을 지경이었기 때문에 우리는 카페에 들어갔다. 나는 작은 커피잔 속의 커피를 맛있게 마시면서 지방 신문을 훑어보다가 나에게 의미 있는 이름을 하나 발견했다. 사실 나는 그 이름을 가진 사람을 직접 알지는 못했다. 그러나 그 이름은 오래 전부터 잊고 있던 기억들을 생각나게 했다. 에브르 시에 높은 자리를 차지하고 있는 친척이 있다는 한 친구에 대한 기억이 되살아났다. "그를 꼭 만나야 해." 나는 화가에게 말했다. 나는 그의 주소를 카페 주인에게 물었지만, 그는 알지 못했다. 카페를 나와서 길을 가다 보이는 빵집들과 약국들을 모두 들렀다. 사람들은 모두 빵을 먹고 물약을 마신다. 이 실업가들 중에서 단 한 명도 드 프레셰드 씨의 주소를 알지 못한다는 것은 불가능했다. 결국 나는 주소를 알아냈다. 나는 군복 상의의 먼지를 털고, 검은 넥타이와 장갑을 샀다. 그리고 나는 샤르트렌 거리로 갔고, 햇살이 가득 내리쬐는 정원이 딸린, 석반석 지붕과 벽돌로 된 저택 창살문의 초인종을 점잖게 눌렀다. 하인이 나를 안으로 안내했다. 드 프레셰드 씨는 부재중이지만, 부인은 있었다. 나는 거실에서 잠시 기다렸다. 거실 문이 열리고 나이 든 부인이 나타났다. 그녀가 무척이나 친절해 보였기에 나는 마음이 놓였다. 내가 누구인지를 그녀에게 짧게 설명했다.

"신사 양반," 그녀는 점잖게 미소 지으며 나에게 말했다. "당신 가족에 대해 많은 이야기를 들었어요. 지난번 파리에 갔을 때 르장 부인 댁에서 당신 어머니를 뵌 것 같군요. 여기 잘 왔어요."

우리는 오랫동안 이야기를 나눴다. 나는 군모로 내 목의 키스 마크를 감추면서 약간 거북해했다. 내가 거절하는 데도 그녀는 계속 나에게 돈을 주려고 했다.

"이것 보세요," 그녀는 마지막으로 나에게 말했다. "나는 진심으로 당신에게 도움을 주고 싶군요. 내가 무엇을 할 수 있을까요?" 나는 그녀에게 대답했다. "아, 감사합니다! 부인, 파리로 돌아갈 수 있게 해주신다면, 그 은혜는 잊지 못할 겁니다. 신문을 보니 연락이 곧 두절될 것이라고 합니다. 쿠데타가 다시 일어나거나 제정이 무너질 거라고 합니다. 어머님이 매우 보고 싶습니다. 그리고 특히 프로이센인들이 이곳을 점거했을 때 그대로 포로가 되고 싶지 않습니다."

이런 말들이 오고갈 때 드 프레셰드 씨가 들어왔다. 그는 몇 마디 듣지 않고 상황을 파악했다.

"시간 낭비하지 않도록, 그 기관의 담당의사 댁에 나와 함께 갑시다."

"담당의사 댁에!" 하느님 맙소사! 그러면 내가 병원을 빠져 나온 것에 대해서 어떻게 그에게 설명을 해야 하나? 나는 감히 한마디도 하지 못하고, 내 후원자의 뒤를 따라갔다. 우리가 도착하자 그 의사는 깜짝 놀란 태도로 나를 바라봤다. 나는 그가 입을 열 시간을 주지 않으려고, 나의 비참한 사정에 대한 하소연을 계속해서 아주 수다스럽게 그에게 떠벌렸다.

드 프레셰드 씨가 회복을 위한 두 달간의 휴가를 나에게 주도록 부탁했다.

"이분은 사실 많이 아파서 휴가를 두 달간 받을 자격이 충분합니다. 만약 내 동료들과 장군님이 나와 견해가 같다면, 당신이 부탁하는 이분은 며칠 안에 파리로 돌아갈 수 있을 겁니다."

거리로 나와서, 나는 안도의 한숨을 내쉬었다. 나에게 관심을 보여주는 그 훌륭한 사람과 악수를 하고 나서, 프랑시스를 찾으러 뛰어갔다. 우리에겐 돌아갈 시간밖에 없었다. 병원 철책 앞에 도착해서 프랑시스가 벨을 울리고, 나는 수녀님께 인사를 했다. 그녀는 나를 붙잡았다.

"오늘 아침에 당신들은 경리국에 간다고 나에게 말했죠?"

"네, 확실히 그랬습니다, 수녀님."

"아, 그래요? 장군님께서 외출하셨어요. 원장님과 앙젤 수녀님께 가보세요. 당신들을 기다리고 계셔요. 아마도 왜 경리국에 갔는지를 그들에게 설명해야 할 거예요.”

우리는 당황하여 공동 침실의 계단을 다시 올라갔다. 앙젤 수녀는 그곳에서 나를 기다리고 있다가 나에게 말했다.

“이런 일을 믿을 수가 없군요. 어제, 오늘 당신들은 도시 전체를 돌아다녔어요. 그리고 당신들의 행실이 어떠했는지 하느님이 아십니다!”

“아, 천만에요!” 나는 소리를 질렀다.

그녀가 나를 뚫어져라 쳐다보았기 때문에 나는 더 이상 한 마디도 못했다.

“오늘 장군님께서 당신들을 광장에서 직접 목격하셨어요. 당신들이 외출했을 리가 없다고 저는 부인했지요. 그리고 당 신들을 찾아서 병원 전체를 돌아다녔죠. 장군님께서 옳았어 요. 당신들은 여기에 없었어요. 당신들의 이름을 장군님께서 물어보셨어요. 나는 당신들 중 한 사람의 이름만 대고, 나머 지 한 명의 이름은 알려드리지 않았어요. 그런데 제가 잘못 한 것 같군요, 왜냐하면 당신은 그런 대접을 받을 가치가 없 으니까요!”

“아! 수녀님, 어떻게 고마움을 표현해야 할지!……” 그러 나 앙젤 수녀님은 내 말을 듣지 않았고, 더욱 화만 냈다! 나 는 입을 다물고, 안전한 곳으로 피할 생각도 못한 채로 소나 기를 맞을 수밖에 없었다. 그러는 동안, 프랑시스는 원장에 게 불려 갔고, 왠지 모르겠지만, 그가 나를 타락시킨다는 의

심을 받았다. 게다가 그의 빈정거리는 태도 때문에 의사와
수녀님들 사이에서 평판이 좋지 않았던 그는 결국 다음 날
군대로 복귀하라는 통지를 받았다.

"어제 우리를 집에 초대했던 그 바람둥이 여자들은 국가의
허가를 받은 창녀들인데, 우리를 팔아 넘겼어,"라고 분노하
며 그가 나에게 알려줬다. "그 사실을 원장이 직접 나에게
말했어."

우리가 그 나쁜 여자들을 저주하고, 우리를 그토록 쉽게
눈에 띄도록 만든 군복에 대해 한탄하고 있는 동안, 황제가
포로가 되었고 파리에 공화정이 선포되었다는 소문이 돌았
다. 나는 바깥 출입을 할 수 있는 한 노인에게 1프랑을 주고,
골루아 신문을 부탁해서 사보았다. 소문은 사실이었다. 병원
전체의 사람들이 기뻐서 어쩔 줄을 몰랐다. "바댕게, 자빠져
라! 너무 이른 것이 아니지, 전쟁이 마침내 끝났다!" 다음
날 아침, 프랑시스와 나는 작별 인사를 나눴다. "곧 만나
자." 철책을 닫으며 그가 나에게 소리쳤다. "그리고 파리에
서 보자!"

오! 그날 이후의 날들이여! 얼마나 큰 고통이었는지! 세상
으로부터의 버려짐! 병원 밖으로 나가는 것은 불가능했다.
보초가 나를 위하여 문 앞에서 종횡으로 산책하고 있었다.
그러나 나는 용기 있게도, 잠을 자고자 애쓰진 않았다. 나는
우리 속에 갇힌 짐승처럼 안마당을 거닐었다. 나는 이렇게

12시간 동안을 배회했다. 나는 나의 감옥의 가장 후미진 곳에 대해서도 알게 되었다. 나는 쐐기풀들과 이끼가 자라는 장소, 균열이 일어나 무너져가는 벽의 여러 부분들도 알게 되었다. 복도, 둥글넓적한 케이크처럼 푹 꺼진 나의 초라한 침상, 찌든 때로 인해 썩어가는 내 속옷에 대해 염증을 느끼기 시작했다. 나는 아무에게도 말을 하지 않고, 안마당의 조약돌들을 발로 차며, 병실들과 노란 도료를 바른 회랑들을 고통에 찬 영혼처럼 방황했다. 깃발이 꽂혀 있는 출입문 철책에 가보기도 하고, 내 침대가 있었던 2층에 올라갔다가 아무런 장식도 없이 휑한 방과 금동빛의 그릇이 광채를 발하는 부엌 사이를 오가며 고립된 채 살아갔다. 나는 초조함을 억누르고, 여러 층들을 오르내리고 느린 걸음으로 복도를 오가는 광경을 몇 시간 동안이나 쳐다보면서 지냈다.

일요일마다 나를 예배당으로 끌어들이려는 수녀님들의 추적에서 벗어날 힘이 나에겐 더 이상 없었다. 나는 편집증에 걸렸다. 될 수 있는 대로 빨리 이 비참한 감옥에서 도망쳐야 한다는 생각이 나를 떠나지 않았다. 그것과 함께 여의치 않은 주머니 사정이 나를 짓눌렀다. 어머니는 내가 머무르기로 되어 있었던 됭케르크로 100프랑을 보낸 것 같았다. 그 돈은 내 손으로 들어오질 않았다. 나는 조만간 돈이 다 떨어져서 담배나 종이를 살 수 없을 것 같았다.

그러는 동안, 여러 날이 흘렀다. 드 프레셰드 부부는 나를 잊은 것 같았다. 틀림없이 내가 병원을 몰래 빠져나갔었다는 사실을 알게 되어 그들이 침묵을 지키는 것이라고 나는 생각했다. 곧 이 모든 불안 위로 끔찍한 고통들이 더해졌다. 제대로 치료받지 못하고 내내 돌아다녔던 탓에 병세는 악화되었고, 그로 인해 나의 배는 불타는 듯했다. 나는 너무 아파서 다른 곳으로 이동하는 것을 더 이상 견디지 못할까봐 걱정스러웠다. 의사가 더 오래 병원에 머물게 할 것이 두려워, 나는 고통을 숨겼다. 앙젤 수녀님은 더 이상 나에게 말을 건네지 않았다. 그리고 밤에 복도와 방들을 순찰할 때, 어둠 속에서 반짝거리는 담배 파이프들의 불빛을 보지 않기 위해서 몸을 돌리면서, 그녀는 내 앞을 무관심하고 냉담하게, 시선을 다른 곳으로 돌리며 지나갔다.

그러던 어느 날 아침, 내가 안마당을 기운 없이 걷다가 의자들 위에 한번씩 모두 주저앉았을 때, 안색이 매우 창백하고 무척이나 변한 나를 본 그녀는 동정 어린 행동을 하지 않을 수 없었다. 그날 저녁, 그녀가 공동 침실들의 순찰을 끝낸 뒤에, 나는 나의 긴 베개 위에 팔꿈치를 괴고 누워 두 눈을 크게 떠서 달이 복도의 창문들을 통하여 푸르스름한 불빛들을 길게 퍼뜨리는 것을 바라보고 있었다. 그때 뒷문이 다시 열렸다. 창문과 벽을 교차해 오면서 때로는 은색 연기에 둘러싸인듯, 때로는 검정색 어두운 상복을 입은 것처럼 보이는 앙젤 수녀님이 나에게 다가왔다. 그녀는 부드럽게 미소 짓고 있었다. 그녀가 말했다. "내일 아침, 의사 선생님들을 찾아가세요. 오늘 저는 드 프레셰드 부인을 만났어요. 당신은 아마도 이틀이나 사흘 후에 파리로 돌아갈 거예요." 나는 내 침대 위에서 펄쩍 뛰었고, 나의 얼굴은 밝아졌다. 나는 펄쩍펄쩍 뛰면서 노래하고 싶었다. 이렇게 행복한 적은 일찍이 없었다. 아침이 밝아오자, 나는 옷을 입고, 그렇지만 아직 불안감을 떨치지 못한 채로 장교들과 의사들이 회의를 하는 방으로 향했다.

병사들은 털이 덥수룩하게 나 있거나 총탄 구멍들이 뚫려 있는 상반신을 한 명씩 보여주고 있었다. 장군은 손톱을 긁고, 헌병대 대령은 종이로 부채질을 하고, 의사들은 병사들의 몸을 만지며 이야기하고 있었다. 마침내 내 차례가 왔다. 발끝부터 머리끝까지 나를 검사하고, 공처럼 부풀어올라 탱탱해진 내 배를 눌러본 심의회는, 만장일치로 60일간의 의병 휴가를 부여했다. 나는 마침내 어머니를 다시 만날 수 있다! 나의 물건들, 내 책들을 다시 볼 것이다! 배를 불태우는 듯한 그 붉은 쇳덩이가 더 이상 느껴지지 않았다. 나는 새끼염소처럼 펄쩍펄쩍 뛰었다!

나는 이 좋은 소식을 가족에게 알렸다. 어머니는 내가 쉬이 도착하지 않는 것을 걱정하면서 계속해서 편지를 보냈다. 아, 슬프다! 나의 휴가는 루앙 사단의 허가 도장을 받아야 했다. 휴가 허가서는 5일 후에 되돌아왔다. 나의 서류엔 하

자가 없었다. 나는 앙젤 수녀님을 찾아가, 정해진 출발 시간
전에 나에게 그토록 친절했던 드 프레셰드 부부에게 감사 표
시를 하러갈 수 있도록 외출 허가를 받아줄 것을 부탁했다.
그녀는 원장을 만나러 가서, 외출 허가증을 나에게 갖다 주
었다. 나는 그 사람 좋은 부부의 집에 뛰어갔다. 그들은 나
에게 목도리와 경비에 보태라면서 50프랑을 억지로 쥐어주
었다. 나는 경리국에 허가증을 찾으러 갔다가 병원으로 다
시 돌아왔다. 몇 분밖에 남지 않았다. 나는 앙젤 수녀님을
찾았다. 정원에서 그녀를 발견하고, 매우 흥분하여 뛰어가
말했다.
　“오, 사랑하는 수녀님, 저는 떠납니다. 당신의 은혜를 어
떻게 갚을 수 있을까요?”
　내가 그녀의 손을 잡자 그녀는 그 손을 빼고 싶어했다. 나
는 그 손에 입을 맞추었다. 그녀는 얼굴을 붉혔다. “안녕히
가세요!” 그녀는 작은 소리로 말했다. 그리고 손가락으로 위
협하면서도 명랑한 어조로 덧붙였다. “얌전해지세요, 그리고
도중에 나쁜 만남들을 갖지 마세요!”
　“아! 수녀님, 걱정마십시오, 약속드립니다!” 떠날 시간을
알리는 벨이 울렸다. 문이 열리자 나는 서둘러 역으로 갔고,
한 객차에 올랐다. 기차는 출발했고, 나는 에브르를 떠났다.
　기차는 만원이었다. 그러나 나는 운 좋게도 기차 모퉁이를
차지했다. 나는 창가에 얼굴을 갖다 대고, 상순이 잘린 나무

들, 멀리 뱀처럼 기어가는 언덕 꼭대기들, 마치 유리창의 광
채처럼 햇빛에 반짝이는 큰 연못 위에 걸쳐 있는 다리를 바
라봤다. 이 모든 것이 몹시 즐겁지만은 않았다. 나는 구석에
틀어박혀, 군청색 하늘 위로 검은 줄을 긋는 전봇줄들을 때
때로 쳐다봤다. 기차가 멈추자 나를 둘러싸고 있던 승객들이
내리고, 문이 닫혔다. 그리고 다시 열리더니 한 젊은 여인이
들어왔다.

그녀가 앉아서 옷의 구김들을 펴는 동안, 그녀의 베일이
들리는 틈을 타서 나는 그녀의 얼굴을 훔쳐봤다. 푸른 하늘
색이 가득한 눈, 주홍빛 입술, 하얀 치아, 잘 익은 옥수수빛
을 띠는 머리카락의 그녀는 매력적이었다.

나는 말을 건넸다. 그녀의 이름은 렌이고 꽃을 수놓는 일
을 한다고 했다. 우리는 친구처럼 이야기를 나눴다. 갑자기
그녀는 창백해지고 기절을 할 것 같았다. 나는 환기창들을
열고, 내가 파리를 떠나올 때 우연히 갖고 오게 된 소금 병을
그녀에게 내밀었다. 그녀는 나에게 고마워하며 괜찮을 거예
요, 라고 말했다. 그리고 잠을 청하기 위해 내 배낭 위에 몸
을 기대었다. 다행히도 이 열차 칸에는 우리 둘만 있었다. 그
러나 객차를 균등하게 나누고 있는 나무 벽이 허리까지만 올
라온 탓에 옆 칸이 보였고, 특히 농부들과 그 아내들의 고함
소리들과 저속한 웃음소리들이 들려왔다. 나는 그녀의 수면
을 방해하는 그 멍청이들을 정말로 때려주고 싶었다. 그러나

정치에 대한 형편없는 견해들을 서로 이야기하는 그들을 참아내야만 했다. 곧 그것에 싫증이 났다. 나는 귀를 틀어막고 잠을 청해보려고 노력했다. 그러나 "당신들은 파리에 도착하지 못할 거예요. 망트에서 길이 차단됐어요"라는 전 역의 역장의 말이 후렴구처럼 끈질기게 따라오며 나의 모든 꿈속에 끼어들었다. 나는 눈을 떴고, 내 옆에 있는 여자도 잠에서 깨어났다. 나는 그녀가 나와 같은 두려움들을 갖게 하고 싶지 않았다. 우리는 낮은 소리로 이야기했다. 그녀는 세브르에 있는 어머니를 만나러 간다고 했다. "그러나 기차는 저녁 11시 전에 파리에 도착하지 않을 겁니다. 그러면 당신은 센 강의 왼쪽 부두에 도착하는 데 필요한 시간이 결코 없을 겁니다"·라고 나는 그녀에게 말했다. "어쩌지요?" 그녀가 물었다. "도착할 때에 우리 오빠가 마중 나와 있지 않으면 말이에요."

오, 불행이여, 나는 때가 잔뜩 낀 빗처럼 더럽고, 나의 배는 불타는 듯했다! 나 혼자 기거하는 곳에 그녀를 데리고 갈 수도 없고, 또 어머니 집에 먼저 가고 싶기도 했다. 어떻게 할까? 나는 고민하면서 렌을 쳐다보고, 그녀의 손을 잡았다. 그때 기차가 선로를 바꾸면서 일으킨 진동으로 그녀의 몸이 앞으로 쏠렸고, 우리 입술은 가까워져 서로 닿았다. 나는 잽싸게 내 입술을 갖다 눌렀다. 그녀는 얼굴을 붉혔다. 하느님 감사합니다! 그녀의 입은 조금 움직였고, 나의 입맞춤에 보답했다. 긴 전율이 등줄기를 따라 느껴졌다. 뜨거운 숯불 같은 그녀의 입술의 감촉에 나는 정신을 잃을 것 같았다. 아!
앙젤 수녀님, 앙젤 수녀님, 제 버릇 개 못 주나봅니다!

  그리고 기차는 포효하며 계속해서 속도를 늦추지 않고 달
렸다. 우리는 전속력으로 망트를 질주했다. 나의 걱정들은
쓸데없는 것이었다. 선로는 막히지 않았다. 렌은 눈을 반쯤
감고, 내 어깨 위에 머리를 기대고 있었다. 그녀의 머리카락
이 내 수염과 얽혀서 입술을 간지럽게 했다. 나는 휘어지는
그녀의 허리를 붙잡고 그녀를 흔들어 재웠다. 파리는 멀지
않았다. 우리는 물건들을 두는 부두 앞, 과열된 기계들이 붉
은 연기 속에서 포효하는 건물들 앞을 지났다. 기차가 멈추
고, 기차표를 거둬갔다. 잘 생각해보니, 우선 렌을 내 거처에
데려다놓으면 되겠다. 승강구에 그녀 오빠가 마중 나와 있지
않기를! 우리는 기차에서 내렸다. 그녀의 오빠가 나와 있었
다. 작별의 입맞춤과 함께, 5일 후에 만나요,라는 말을 남기
고 아름다운 새는 날아가버린다! 5일 후, 나는 매우 아파 침
대에 누워 있어야 했고, 프로이센인들은 세브르를 점령했다.
이후 다시는 그녀를 만나지 못했다.

  나는 가슴이 찢어질 듯했다. 긴 한숨만 나왔다. 그렇지만
슬퍼할 때가 아니다! 나는 삯마차에 몸을 싣고 내가 살던 동
네로 갔다. 어머니 집 앞에 도착했다. 계단을 성급하게 올라
서둘러 초인종을 눌렀다. 하녀가 문을 열었다. "도련님이시
군요!" 그녀는 나의 어머니에게 알리러 뛰어갔고 이내 어머

니는 나를 만나러 달려왔다. 그녀는 얼굴이 창백해졌고, 나를 껴안더니 머리끝부터 발끝까지 나를 훑어보고, 뒤로 조금 물러나서 나를 다시 쳐다보고는 다시 나를 껴안기를 반복했다. 그러는 동안 하녀는 찬장 속의 음식을 다 꺼내놓았다.

"배고프셨죠, 외젠 도련님?"

"배가 고픈 것 같군요!" 나는 게걸스럽게 주는 대로 다 먹어 치우고, 포도주를 가득 채운 잔을 여러 번 들이켰다. 사실대로 말하자면 나는 무엇을 먹고 마시는지도 몰랐다!

나는 자리에 눕기 위해 마침내 내 집에 돌아왔다! 내 집은 내가 떠날 때 놓아둔 상태 그대로였다. 나는 기쁨으로 들떠 온 집안을 돌아다녔고, 긴 소파에 앉아 황홀한 상태로, 나의 물건들, 책들로 내 두 눈을 가득 채우며 행복에 젖었다. 그러나 나는 옷을 벗고, 여러 달 만에 처음으로 발을 깨끗이 씻고 손톱을 깎은 채로 깨끗한 침대에 들어간다는 생각으로 물을 충분히 사용하여 몸을 씻었다. 나는 스프링이 좋은 침대 위에서 뛰어보고, 깃털 베개 속에 머리를 깊숙이 박았다. 두 눈이 감기자, 나는 큰 돛단배를 타고 꿈나라를 항해했다.

커다란 담배 파이프에 불을 당기는 프랑시스, 뾰로통한 얼굴로 나를 바라보는 앙젤 수녀님, 그리고 나에게 다가오는 렌을 보는 것 같았다. 나는 깜짝 놀라 깨어났지만, 내 자신이 바보 같다는 생각에 다시 베개 속에 머리를 깊숙이 파묻었다. 그러자 이제 긴장이 풀린 탓인지 한동안 잠잠하던 복통이 다시 시작됐다. 나는 더 이상, 모든 사람들이 수치심도 없이 다함께 수술을 받는 곳에서 이질에 시달리는 고통에서 벗어났음에 안도하면서 내 배를 살살 어루만졌다. 나는 내 집에, 내 방에 있다! 병원과 야영지의 뒤섞임 속에 있어봐야만 물이 담긴 대야의 가치를 알 수 있고, 편안히 옷을 벗고 있을 수 있는 장소에서 고독을 맛볼 수 있다고 생각했다.

부그랑 씨의 퇴직
La retraite de monsieur Bougran

1

부그랑 씨는 아연실색하여 바닥 깔개의 부정확한 꽃무늬들을 쳐다보고 있었다.

"그렇소," 다정한 목소리로 과장인 드뱅 씨가 말을 이었다. "그렇소, 나의 친애하는 동료, 나는 당신을 매우 열렬히 옹호했소. 인사과에서 결정을 번복하도록 나는 애썼지만, 내 노력은 헛수고였소. 직무 수행 능력 부족을 이유로 당신은 다음달부터 나올 필요가 없어졌소."

"그러나 저는 결함이 없어요. 저는 혈기왕성해요!"

"그럴지도 모르지요, 그러나 당신처럼 그런 문제에 대한 법률을 잘 알고 있는 사람에게 그것에 관계된 법을 다시 가르쳐줄 필요는 없겠지요. 시민 연금에 관한 1853년 6월 9일에 제정된 법에 의하면, 당신도 알다시피…… 이런 해석이 가능하죠. 그 법의 시행에 관한 공공 행정의 실행을 위하여 같은 해 11월 9일의 법령에 한 조항이 있는데……"

"30조입니다." 부그랑 씨가 알려주었다.

"…… 내가 말하려고 했소…… 공무원은 퇴직할 나이가 아님에도 불구하고 예술가들은 전혀 아랑곳하지 않는 도덕상의 결함 때문에 퇴직당할 수 있다는 것이요."

부그랑 씨는 더 이상 말을 듣고 있지 않았다. 두드려 맞아서 쓰러진 짐승의 눈을 하고, 그는 그 과장의 사무실을 살폈다. 그는 언제나 마치 예배당에 들어오듯이 존경심을 갖고 발끝으로 그곳에 들어왔었다. 그 건조하고 추운, 그러나 이미 친숙해진 방은 갑자기 그에게 음산하고 부풀어 오른 것처럼 보였으며 적대적으로 느껴졌다. 거기에는 비로드 같은 줄이 그어져 있는 탁한 빛깔의 초록색 벽지가 발라져 있었고, 채색 유리가 달린 그의 책꽂이들에는 법률 신문들과 얼룩무늬 송아지 가죽으로 특별히 장정 처리를 한, 정부 부서들에서 만드는 '행정 문서집들'이 가득 차 있었으며 나무색으로 된 책표지들과 노란 판석들이 있었다. 전극이 달린 벽시계와 제1제정시대 풍의 장식용 촛대 두 개가 놓인 벽난로, 말총으로 된 소파, 양배추 모양의 장미가 그려진 바닥 깔개, 책과 서류들, 아몬드가 박힌 마카롱 과자가 놓인 그의 테이블, 사람들은 불러모으기 위한 스프링이 나쁜 안락의자들, 오래 사용하여 등이 반원 모양으로 닳은 손잡이가 달린 책상용 의자가 있었다.

이런 상황을 난처하게 생각하는 드뱅 씨가 일어나 벽난로에 등을 대고 서서 옷 뒷자락으로 벽난로 재에 부채질을 했다.

부그랑 씨는 정신을 차리고, 다 죽어가는 목소리로 물었다.

"제가 떠나기 전에 업무를 알려주려고 하는데, 제 후임자는 결정이 됐습니까?"

"내가 알기로는 아닙니다. 그러니까 새로운 명령이 하달되기 전까지 당신은 업무를 계속하십시오."

그리고 서둘러 부그랑 씨를 나가게 하기 위해 드뱅 씨는 벽난로를 떠나, 문가로 물러서는 부그랑 씨 쪽으로 천천히 나아갔다. 거기서 드뱅 씨는 그에게 심심한 유감과 깊은 존경의 표시를 건넸다.

부그랑 씨는 자기 방에 돌아와 힘없이 의자에 앉았다. 누군가 그의 목을 조르는 것 같았다. 그는 모자를 쓰고 공기를 조금 들이마시기 위해 밖으로 나왔다. 그는 거리를 걸었고, 자신이 어디에 있는지도 모르는 채, 광장에 있는 벤치에 쓰러지듯 앉았다.

모든 것이 사실이었다. 그는 쉰 살에 퇴직을 당했다! 일요일까지 반납하고, 국경일에도 쉬지 않고 맡은 업무에 지장이 없도록 일했던 그가 말이다. 그런데 그의 열성에 대한 보상이 이렇다니! 그는 화가 나서, 잠시 청원서를 정부 내각에 제출해볼 것을 생각했다. 그러나 제정신을 차리고 그는 이렇게 혼잣말했다. '나는 이기지 못할 거야. 그리고 비용만 많이 들 거야.' 천천히, 침착하게, 그는 그를 내쫓은 그 법의 모든 조항들을 머릿속에 되새겨보았다. 그는 그 법의 모든 의미들을 생각하고, 각 조항들 가운데 이용할 만한 해석들을 찾아보았다. 처음 보기에 그것들은 위험 없이 잘 만들어지고 정당해보였다. 그러나 점차로 그것들은 가지를 뻗어서 어두운 모퉁이로 이어지고, 빛이 없는 막다른 길로 끝이 났으며 거기서 갑자기 사람들은 허리를 다치게 되었다.

그렇다, 1853년의 법을 만든 사람은 관대한 법의 도처에 함정들을 만들어놓았다. 그가 모든 것을 미리 준비했다고 부그랑 씨는 결론지었다. 자리를 없애는 경우가 사람들을 쫓아내기 위해서 가장 많이 사용되는 방법이다. 직무를 수행하는 사람의 일을 없애버리고, 며칠 후에 그 일을 다른 이름으로 다시 만들면 모든 것이 해결되는 것이다. 직무 수행에 장애를 일으키는 신체적 결함을 들춰내서 의사들의 동의를 받아내는 방법도 있다. 그리고 마지막으로—요컨대 가장 간단한 방법인데—소위 정신적 결함을 들 수도 있다. 그 경우에는 어떤 의사의 동의도 필요하지 않다. 왜냐하면 당신의 국장이 서명을 하고, 인사과의 동의를 얻기만 하면 충분하니까.

그것이 가장 수치스러운 일이다. 정신이 성하지 않다고 판정받는 것이니까! "그건 좀 너무한 일이지." 그는 신음하듯 말했다.

그리고 그는 숙고했다. 장관은 아마도 고용하려는 사람이 있는 것 같다. 왜냐하면 실제로 퇴직시킬 만한 직원들은 드무니까. 몇 년 전부터 사무실 직원들을 대상으로 대대적인 감원 조치가 이뤄졌고, 오래된 직원들을 새 인물로 교체했는데, 그가 거기서 살아남은 사람들 중의 하나였다. 그래서 부그랑 씨는 고개를 내저었다.

'내 젊은 시절, 동료들은 양심적이었고 열성적이었어. 현재 어디서 모집했는지 모르는 젊은이들은 더 이상 신념이 없다. 그들은 어떤 일도 열심히 하지 않고 어떤 법률 내용도 깊이 연구하지 않는다. 그들은 맡은 일을 그럭저럭 해치우고는 사무실에서 도망칠 생각만 하고, 예전에 일하던 사람들이 그토록 잘 다루던 행정상의 언어 표현에 관심조차 두지 않는다. 모두들 자기의 사사로운 편지를 쓰듯이 글을 써댄다! 우두머리들도 대부분 밖에서 모집해서, 일련의 내각에서 떨어져나와, 권력을 상실한 그들을 예전에는 평범한 사람들과 구별시킬 수 있었던 그런 다정하면서도 품위 있는 태도를 갖고 있지 못하다.' 자신의 불행을 망각해버린 그는 예전 상관들 중의 하나인 데스로 데 부아 씨의 존경스러운 모습을 떠올렸다. 프록코트를 꽉 끼게 입고, 기차의 정지 신호를 나타내는 원반 신호기처럼 생긴 커다란 붉은색 둥근 고리로 단춧구멍을 채운, 닭털 같은 머리가 관자 둘레를 감싸는 대머리의 그가 아무도 쳐다보지 않으면서 서류철을 팔 안에 넣고 국장실로 곧장 내려가는 모습 말이다.

그가 지나가면 사람들이 모두 고개를 숙였다. 직원들은 그의 훌륭함이 그들에게 영향을 미친다고 생각했기에, 그들 스스로 더욱 깊은 자긍심을 가질 수 있었다.

그 당시는 모든 것이 순조로웠고, 지금은 사라진 서류 작성에 사용할 수 있는 언어 표현의 미묘한 차이가 존재했었다. 행정 문서에서는 청원자들을 이렇게 지칭했다. 사회적 지위가 높은 사람은 '선생님,' 좀더 아래에 위치한 사람은 '씨,' 장인들과 죄수들은 '상기인'이라 불렀다. 그리고 단어를 다양하게 사용하는 솜씨들이 있어서 똑같은 말을 반복해서 쓰지 않았다. 청원자를 지칭할 때도, '소송인' '요청인' '탄원자' '신청자'란 단어들을 번갈아가면서 썼다. 도지사도 한번 지칭된 후의 다른 문장에서는 '그 고위 공무원'이라 불렸다. 편지 내용에 관계된 사람을 지칭할 때도 '그 개인' '앞에서 말한 사람' '위에서 언급한 이'라고 바꿔가며 말했다. 관공서 자체를 지칭할 적에도, 때로는 '중앙의,' 때로는 '상급의'라는 다른 표현의 말들을 무제한적으로 사용했다. 그리고 서류 한 장을 더 첨가해 보낼 때는 '여기 동봉한' '아래에 포함된' '이 봉투에 첨가하여'라는 표현들을 사용했다. 어디서나 서식에 맞는 편지들을 썼다. 편지의 끝인사도 정확한 표현들을 사용하고, 마치 피아니스트들의 정확한 손놀림처럼 탁월한 솜씨를 발휘하면서 적절한 어구를 만들어냈기 때문에 그 다양함은 이루 말할 수 없었다. 가장 높은 위치에 있는 사람에게는 '가장 깊은 존경을' 표한다고 했고, 그 아래로 여러 단계의 직급에 있는 이들에게는 각기 다른 존경의 표시를 했고, 장관직에 있지 않은 사람에게는 '극도로 심심한, 매우 심심한, 심심한, 전적인' 경의라는 표현을 사용했다. 마지막으로 형용사를 사용하지 않는 경의의 표현은 그 자체가 부정의 의미를 지녔다. 왜냐하면 가장 하위직의 사람에게 보내는 편지였기 때문이다.

지금 어떤 직원이 건반을 다루듯 그런 편지 표현을 섬세하게 할줄 알고, 종종 사용하기란 매우 어려운 그런 존경의 표시들을 서식만으로는 그 구별이 불가능한 여러 직급의 사람들에게 차별적으로 사용할 수 있을까! 오 통재라! 편지를 보내는 일을 맡은 사람들은 서식을 알지 못하고, 미묘한 언어 차이를 솜씨 좋게 다루지 못한다!——요컨대 그것이 무슨 대수인가!——왜냐하면 몇 년 전부터 모든 것이 와해되고, 모든 것이 붕괴되었는데. 민주주의를 빌미로 가증스러움들이 득세하는 시대가 되어, 예전에 장관들 사이에서 오가던 각하라는 칭호도 사라졌다. 한 장관이 다른 장관에게 편지를 쓸 때에 마치 도매업자나 중산층 사람들처럼 동료나 동지라고

한다. 예전에 두 장 이상으로 된 편지들을 묶던 가는 비단들, 초록색이나 파란색, 삼색의 비단으로 된 그 리본들도, 실뭉치 하나의 가격이 기껏해야 5수인 분홍실로 대체되었다!

얼마나 저속해지고, 얼마나 퇴락했는가! 진정한 위엄도 품위도 없는 그곳에서 나는 정말로 편안하지 못했다. 그러나…… 그러나…… 그곳을 떠나고자 한 적은 한 번도 없었는데……. 한숨을 쉬면서 부그랑 씨는 자기 신세, 자기 자신에게로 생각이 되돌아왔다.

속으로 그는 자신이 받을 퇴직금을 산정해보았다. 기껏해야 1,800프랑이다. 그가 아버지로부터 물려받은 적은 연금과 합하면 겨우 먹고 살 정도다. '나의 오래된 하녀 으랄리와 내가 몹시 절약하면서 사는 것은 사실이다.' 그는 혼잣말했다.

그러나 돈 문제보다도 그를 더욱 걱정스럽게 하는 것은 시간을 어떻게 보낼 것인가하는 문제였다. 어떻게 하룻밤 사이에 항상 같은 방에 같은 시간 동안 자신을 가두던 사무실에서의 일상을 끝낼 수 있는가. 매일 아침 아마도 거의 같은 대화들을 동료들과 나누던 그 습관과 더불어서 말이다. 그들은 거의 같은 승급을 유지하고 있었기 때문에 연말이면 비슷한 승진을 기대했고, 받을 수 있는 퇴직금을 계산해보고, 일어날 수 있는 죽음의 가능성을 점쳐보기도 했으며, 부질없이 보너스를 기대해보기도 하고, 그런 흥미 있는 주제들로부터 벗어나서 신문에 게재된 사건들에 대한 견해들을 줄기차게 이야기하곤 했다. 그러나 그런 돌발적인 일이 없는 일상도 매일 보는 같은 얼굴들의 단조로움, 농담들의 평범함, 서류들의 획일성과 완벽한 조화를 이루고 있었다!

그리고 과장이나 계장의 사무실에서 각각의 사건들의 처리 방법을 놓고 흥미로운 대화들이 오갔다. 이제는 그런 법률에 대한 이견들, 그 명백한 의견 충돌들, 그 즐거운 합의의 순간들, 그 행복한 논쟁들을 무엇이 대신해줄 수 있을까? 당신 골수까지 사로잡고, 당신 전체를 철저하게 소유하고 있었던 직업에서 어떻게 멀어질 수 있을까?

부그랑 씨는 절망적으로 머리를 흔들면서 이렇게 혼잣말했다. '나는 혈혈단신이야. 독신이고, 친척도 없고 친구도 없고 동료도 없어. 나는 이 20년 동안 나를 붙잡고 있던 일들 외에는 어떤 일도 새로 시작할 만한 재주가 없어. 새로운 삶을 시작하기에는 너무 늙었어.' 그런 사실이 그를 경악하게 만들었다.

'이것 봐,' 그는 일어서면서 다시 말했다. '그렇지만 사무실로 돌아가야 한다!' 그의 다리가 흔들렸다. '나는 몸 상태가 좋지 않다, 좀 누우면 어떨까.' 그는 가다가 죽는 한이 있더라도 어쩔 수 없다고 각오하면서 억지로 걸음을 옮겼다. 그는 자신이 몸담고 있는 정부 건물에 도착해서는 곧장 자기 방으로 들어갔다.

거기서 그는 기절할 뻔했다. 그것도 정말로. 그는 두 눈에 눈물이 가득 고인 채로, 그토록 오랜 세월 동안 그를 보호해 주던 그 공간을 멍하니 바라보았다. 그때 그의 동료들이 줄지어 조심스럽게 들어왔다.

그들은 그가 돌아오기만을 기다리고 있었는데, 사람마다 위로의 말들이 제각각이었다. 머리 뒤통수에 생기 없는 머리카락만 몇 가닥 남아 있는 키 큰 말라깽이 사무원은 한 마디 말도 없이 그의 손을 쥐고 힘차게 흔들었다. 성당에서 나와, 상가 행렬 앞에서 마지막 기도를 드린 고인의 가족에게 하듯 그는 그렇게 행동했다. 등본계원들은 머리를 저었고, 그들의 비통한 마음을 몸을 숙여 공식적으로 표현했다.

그의 동료들인 문서 작성자들은 그와 좀더 친밀했기 때문에 위로의 말을 조금씩 덧붙였다.

"이것 봐요, 체념하고 받아들여야 해요. 그리고, 친애하는 동료, 다행히도 당신은 부인도 아이들도 없잖소. 나처럼 시집보내야 할 딸이 있다면 당신은 퇴직으로 인한 더욱더 심한 고통을 겪을 수 있소. 그러니까 그런 일을 당한 사람치고는 행복하다고 생각해야 합니다."

"또한 모든 일의 좋은 면을 생각하는 것이 유리합니다." 다른 사람이 말했다. "당신은 사놓은 책도 마음대로 읽을 수 있고, 햇빛 아래서 편안히, 연금을 받아 먹고살 수도 있잖아요."

"그리고 시골에 내려가서 편안히 지낼 수도 있어요." 세번째 사람이 말했다.

자신은 파리 출신으로 지방에는 아는 사람이 아무도 없고, 절약을 명분 삼아 외딴곳에 들어가 살 만한 용기도 없음을 부그랑 씨가 조용히 지적했다. 그럼에도 불구하고 모두들 그가 불쌍한 처지에 빠진 것은 아니라는 것을 계속 강조했다.

그리고 그들 중 누구도 그런 일을 당할 나이가 아니므로, 그들은 그런 행운을 누리지 못하는 것에 유감스러워했고, 부그랑 씨의 슬픔에 오히려 분개했다.

진정으로 그를 동정하고 말 그대로 슬픔을 표현한 사람은 그의 심부름을 하던 사환 밥티스트였다. 충격을 받은 태도로 그러나 예의를 갖춰, 그는 부그랑 씨 집으로 오래된 짤막한 외투, 깃털 펜들, 연필들 등등 그가 사무실에서 쓰던 물건들을 갖다 주겠다고 자청했고, 그것이 부그랑 씨가 그에게 많은 팁을 주는 마지막 기회가 될 것임을 암시했다.

"자, 여러분," 방으로 들어오면서 과장이 말했다. "국장님이 5시에 서류철을 받을 수 있도록 해달하고 하십니다."

모두 흩어졌다. 그리고 늙은 말처럼 콧김을 내뿜으면서, 부그랑 씨는 일을 시작했다. 그는 자기가 해야 할 업무만을 생각하면서, 혼자 벤치에서 고통스러운 생각들에 빠져 보낸 시간들을 만회하고자 서둘렀다.

2

처음 며칠 동안은 비통했다. 예전과 똑같은 시간에 잠에서 깨어났지만, 그는 잠자리에서 일어날 필요가 없다고 생각하고는, 그의 습관과 달리 침대에서 뒹굴다가 추위를 느끼면 결국 옷을 입었다. 그러나 무슨 일을 할까요, 하느님! 깊이 생각한 끝에 그는 산책 삼아, 그가 살고 있는 보지라르 거리에서 멀지 않은 뤽상부르 공원을 거닐기로 결심했다.

그러나 그곳 잔디밭들은 매일 아침 새벽부터 정성스럽게 다듬어져서, 흙도 물도 보이지 않고, 마치 다시 칠하고 윤을 낸 것 같았다. 꽃들은 그 줄기들을 감싼 철사를 비집고 마치 새로 피어난 것 같았다. 마치 지팡이 같은 굵은 나무들, 바보스러운 조각들이 서 있는 그 가짜 전원은 그를 조금도 기쁘게 하지 않았다.

그는 공원 구석 오래된 묘판으로 피신하려고 했다. 그곳에는 현재 약학대학과 루이 르 그랑 고등학교 건물의 장엄한 그늘들이 드리워져 있었다. 그곳의 초목들도 부자연스럽고 보잘것없었는데, 잔디들은 아주 짧게 정리되어 초록빛을 한창 뽐내고 있었다. 키 작은 나무들은 나무꼭대기의 피곤해진 깃털들을 흔들어대고 있었다. 그러다가 몇몇 화단에 있는 유실수에 가해진 고문에 그의 눈길이 머물렀다. 그것들은 더 이상 나무의 형태를 하고 있지 않았다. 사람들이 삼각형 모양의 틀을 따라 벌려놓고, 땅 위 철사를 따라 기어가도록 만들어놓았던 것이다. 나뭇가지들은 마치 고무로 된 것처럼 기괴한 모양을 띠고 있었고 나무 몸통 역시 뒤틀려져 있었다. 그것들은 꽃뱀들처럼 구불구불하고, 바구니 모양으로 벌려 있어서 벌집, 피라미드, 부채, 꽃병, 광대의 앞머리 같은 모양을 흉내내고 있었다. 그 공원은 고문당한 식물들의 저장고였다. 거기에는 버팀대들, 버드나무나 주철로 된 형틀들, 짚으로 된 기구들, 정형외과의 코르셋들을 이용하여 정형외과 의사라고 할 수 있는 정원사들이 정형외과 의사들이 환자들에게 하는 것처럼 비틀어진 허리를 바로 세우는 것이 아니라 반대로 기형들을 만들어내는 일본식 정원 양식을 좇아, 나무들을 더 구부리고 휘고 비틀어놓았다!

더 맛있는 과일을 얻어낸다는 구실로 나무들을 죽이는 그런 방식들에 감탄은 하면서도, 그런 식물 정형술이 그가 여러 해 동안 사무실에서 일하던 방법의 가장 완벽한 상징임을 깨닫지도 못한 채, 그는 한가로이 어슬렁거렸다. 뤽상부르 공원에서처럼 사무실에서도 간단한 일들을 복잡하게 만드는 데 모두 열심이었다. 명확하고 분명한 의미를 지닌 행정법의 본문 해석을 두고, 뜻이 애매한 회람들, 관계도 없는 선례들, 프랑스 혁명기까지 거슬러 올라가 존재하는 판례들을 이용하여 매우 복잡한 글, 도저히 가능하지 않은 곳에 쉼표가 위치하여 부자연스러운 문장을 사용하는 마고의 문학작품처럼 만들어 사람에 따라 매우 다른 판결을 할 수 있도록 만들었다.

그는 다시 뤽상부르 공원의 테라스로 올라갔다. 그곳의 나무들은 더 오래되고 또 그다지 사람의 손을 타지 않아서 한결 자연스러워 보였다. 그리고 그는 의자들 사이로 작은 양동이로 모래 장난을 하고 있는 아이들을 보았다. 그 아이들의 어머니들은 나란히 서서 송아지 고기 요리법과 아침식사를 위한 다른 요리법에 대해 이야기를 나누고 있었다.

그는 기진맥진하여 집에 돌아왔다. 하품을 하고 있던 그를 발견한 하녀 으랄리는, 그가 '귀찮은 존재'가 되었다고 투덜댔고, 그가 자기 부엌에 '돌아다닐 권리'가 있다고 생각한다는 등 불평하면서 매몰차게 대했다.

이내 불면증이 가세했다. 평소 습관에서 벗어나 견디기 힘들 만한 한가로움 속에 빠진 그의 몸은 제대로 기능하지 못했다. 식욕이 사라졌다. 예전에 이불 속에서 만끽했던 그토록 달콤한 밤들은 잠 못 이루는 암울한 시간들로 변해버렸다. 검은 침묵 속 저 멀리서 시간들이 흘러갔다.

그는 비가 오는 낮에는 책을 읽고자 했다. 불면 때문에 피곤해진 그는 잠이 들었다. 그래서 그런 낮잠 후의 밤은 더욱 길었고 눈은 더욱 말똥말똥해졌다. 그는 날씨가 나쁘더라도 몸을 피곤하게 하기 위해 산책을 해야 했다. 그래서 미술관을 택했지만 어떤 그림도 그의 흥미를 끌지 못했다. 그는 그림도 화가도 아는 것이 없었다. 뒷짐을 지고 그림들 앞을 천천히 돌아다녔고, 의자 위에서 졸고 있는 미술관 수위들을 보면서 그들도 공무원이니, 언젠가는 그들이 받게 될 퇴직금을 계산해보기도 했다.

그는 색깔과 하얀 조각 들에 싫증이 나서 파리 시의 지붕 아래로 상점가들을 돌아다녔지만 곧 쫓겨났다. 사람들이 그를 훑어보았다. 스파이, 경찰관, 늙은 첩자라는 욕 섞인 말들이 들렸다. 모멸감을 느낀 그는 소낙비가 쏟아지는 밖으로 도망치듯 나왔고 집으로 돌아가 집 안에 틀어박혔다.

그러면 어느 때보다도 더 강하게 사무실에 대한 기억이 그를 사로잡았다. 멀리서 보니, 정부 부서 사무실은 환희의 공간처럼 그에게 다가왔다. 그는 더 이상 그가 당한 부당한 대우들, 장관을 따라 들어온 미지의 남자에게 빼앗긴 그의 계장 자리, 강요된 기계적인 업무의 권태로움을 기억하지 않았다. 앉은뱅이 같았던 생활의 기억은 모두 사라졌다. 매우 안정되고, 포근하고, 편안하고, 동료들의 이야기와 시들한 농담들, 유치한 장난들 때문에 즐거웠던 기억들만이 남았다.

"아무래도 방법을 찾아야겠어." 부그랑 씨는 우울하게 혼잣말했다. 그가 할 만한 일, 조금이라도 돈을 벌 수 있는 새로운 일을 찾고자 그는 여러 시간 동안을 고심했다. 그러나 자신 또래의 남자가 상점에서 점원으로 근무한다 하더라도, 그는 아침부터 저녁까지 일한 대가로 아주 적은 보수만을 받을

게 뻔했다. 왜냐하면 그가 방법도 비결도 알지 못하는 직업에서 중요한 업무를 감당할 능력이 없었기 때문이다.

그것은 곧 추락하는 것이리라! 실제로 부그랑 씨도 많은 공무원들처럼, 무역회사 직원과 은행원들보다 자신이 더 높은 신분이라고 생각하며 그들을 경멸했었다. 그는 그와 같은 공무원들 중에도 서열을 매겨서, 정부 부서에 근무하는 사람이 도청에서 일하는 사람보다 지위가 높고, 또한 도청 직원이 시청의 사무원보다 그 서열이 한 단계 위라고 생각했다.

그러면 무슨 직업을 찾을까? 어떤 일을 해야 하나? 그런 끝없는 질문은 해답 없이 남아 있었다.

할 수 없이 그는 직장 동료들을 만난다는 핑계로 그의 사무실로 돌아갔다. 그러나 그들은 더 이상 같은 무리에 속하지 않는 사람들을 대할 때처럼 그를 냉담하게 맞이했다. 몇몇 사람들은 무심하게 그의 건강을 걱정했다. 어떤 이들은 그를 부러워하는 시늉을 하고, 그가 향유하는 자유, 그가 즐겨 하리라고 생각되는 산책의 좋은 점에 대해 떠들어댔다.

부그랑 씨는 무거운 마음으로 미소를 지었다. 무의식적으로 한 행동이 그에게 마지막 충격을 가했다. 바보처럼 그는 자신이 쓰던 방에 이끌려 갔다. 그의 후임으로 들어온 사무원을 그는 보았다. 매우 젊은 남자였다! 그의 후임자에 대한 분노가 치밀어올랐다. 왜냐하면 그가 사랑하던 그의 방의 모습을 그가 변화시켰기 때문이다. 책상을 옮겨놓고, 의자들을 다른 쪽 구석에 밀어놓고, 상자들을 다른 칸에 갖다놓았다. 이제는 잉크병이 왼쪽에 그리고 필통이 오른쪽에 있었다!

그는 마음이 아팠다. "가자." 갑자기 그런 생각이 떠올라 그의 마음속에서 커졌다. "아! 나는 거기서 벗어났다." 그는 말했다. 그리고 그는 매우 기뻐하며 집에 돌아왔다. 왕성한 식욕으로 밥을 먹고, 그날 저녁은 마치 두더지처럼 잠을 푹 잤으며, 새벽이 되자마자 유쾌하게 잠에서 깨어났다.

3

그를 기쁨에 들뜨도록 만든 계획은 실행하기가 쉬웠다. 우선 부그랑 씨는 벽지가게로 달려가서는, 우유를 섞은 치커리 차 빛깔을 띤 질 나쁜 벽지 두루말이들을 사왔다. 그리고 그것들을 그의 집의 가장 작은 방의 벽에 붙였다. 그리고 정리용 칸막이들이 달린 검은색 전나무 책상을 사고, 작은 테이블을 하나 사서 그 위에 이가 빠진 대야와 접시꽃 향의 비누를 담은 오래된 유리컵 하나를 함께 올려놓았다. 등나무로 엮은 반원형의 안락의자와 의자 두 개도 샀다. 벽에 흰 나무로 된 칸막이 선반을 설치하여, 그곳을 구리 손잡이가 달린 초록 상자들로 채웠다. 벽난로 주변을 따라 내려오도록 달력을 핀으로 꽂아두었고, 벽난로의 거울을 제거한 자리에 메모 상자들을 쌓아두고, 책상 아래에 깔개를 하나 펴놓고 휴지통을 놓았다. 그러고는 뒤로 약간 물러서면서 기쁨에 넘쳐 소리질렀다. "좋아, 준비가 됐군!"

그는 책상 위에 체계적으로 펜대와 연필 들을 정리해두었다. 몽둥이 형태의 펜대, 코르크나무로 만든 펜대, 깨물면 좋은 향기가 나는 자단 막대 속에 구리 손잡이가 달린 펜대, 주석을 붙이고 삽입 표시를 하기 위한 검정색 연필들, 푸른색 연필들, 붉은색 연필들의 순서로 놓았다. 그리고 그는 예전처럼 스펀지로 둘러싼 도자기 잉크병을 글을 쓸 때 사용하는 밑받침의 오른편에 두고, 톱밥이 채워진 통을 왼쪽에 놓았다. 편지를 봉하는 데 사용하는 풀과 분홍색실이 들어 있는 용기는 정면에 놓았다. 그 용기의 뚜껑은 초록색 벨벳으로 만들어졌는데, 그 위로 핀들이 꽂혀 있었다. 누렇게 변한 서류들은 이리저리 흩뜨려 놓았다. 칸막이 선반 위에는 필요한 책들, 이를테면 블록의 행정 사전, 형법과 민사법들, 부칙, 군주법의 순서로 놓았다. 그는 몸을 움직이지 않았는데도 그의 예전 책상 앞에, 그의 옛 사무실에 있었다.

그는 행복해하며 자리에 앉았다. 그리고 그때부터 그는 예전의 삶을 다시 살았다. 예전처럼 아침마다 제 시간에 출근하려고 서두르는 사람처럼, 힘찬 발걸음으로 생제르맹 거리를 따라 달렸다. 예전의 사무실로 가는 길 중간에서 다시 발걸음을 돌려서 집에 돌아왔고, 계단 위에서 시간을 확인하기 위해 휴대용 시계를 꺼내보았다. 그러고 나서 잉크병을 덮고 있는 상자의 둥근 고리를 치우고, 사무용 소매 커버를 벗어버리고 대신 서류들을 덮는 데 사용하는 두꺼운 마닐라지로 된 소매 커버를 끼었다. 마지막으로 깨끗한 옷을 벗고, 그가 정부 사무실에서 일할 때 입던 낡고 짧은 외투로 갈아입었다!

그는 해결할 일들을 스스로 만들었고, 청원서들을 본인 앞으로 보내고, 답장을 쓰고, 큰 장부에 도착과 발송 날짜를 쓰면서 사람들이 '등록'이라고 부르는 것을 작성했다. 그리고 업무를 마치면 예전처럼, 저녁식사 1시간 전에 거리를 산책했다.

다행히 처음 며칠은 예전에 처리하기를 좋아하던 사건과 비슷한 것을 만들었다. 그러나 그가 만든 사건은 더욱 불분명하고, 더욱 어렵고, 더욱 미련스러웠다. 그는 최고 행정재판소와 대법원의 판결들을 뒤져서, 여러 소송들을 변호할 수 있거나, 여러 사건들을 옹호할 수 있는 판결문 기록들을 되는대로 찾는 등 열심히 일했다. 어려운 법률 해석에 빠져들고, 사람들이 수많은 의미로 해석을 해대는 우스꽝스러운 판례들을 자신의 주장에 유리하도록 애쓰는 일에 행복해진 그는 기록들이나 초안들을 여러 번에 걸쳐 재검토하고, 예전에 그의 과장이 하듯이 종이의 여백에 그것들을 수정하는 글을 남겼다. 그럼에도 불구하고 만족스럽지 못하자 그는 펜대를 씹으면서 이마를 손으로 쳤다. 그리고 숨이 막혀 바깥 공기를 좀 맡으려고 격자 유리창을 열면서도 땀 흘리는 그의 작업은 계속됐다.

그는 한 달 동안 그렇게 살았다. 그러자 불안감이 그를 사로잡았다. 5시까지 일하던 그는 기진맥진했고, 자기 자신이 불만스러웠다. 생각이 흩어져서 일에 몰두할 수가 없었고, 더 이상 서류들에만 집중할 수 없었다. 요컨대 이제 그는 스스로 연극을 하고 있음을 깨닫게 된 것이다. 그는 예전의 사무실, 그 방의 모습을 제법 그럴 듯하게 재현해냈다. 정부 사무실들에서 나는 먼지와 마른 잉크 냄새를 위해 필요한 경우에는 모든 문과 창문을 닫아놓기까지 했다. 그러나 거기에는 소리, 대화, 직장 동료들의 왕래가 없었다. 말할 사람이 한 명도 없었다. 그 외로운 사무실은 말하자면 진짜 사무실이 아니었다. 그가 예전의 습관들을 되풀이 해봐도 아무 소용없었다. 그의 사무실은 더 이상 예전의 사무실이 아니었다. 아! 벨을 눌러 사환이 들어오는 것을 보고, 그와 몇 분간 이야기를 나눌 수만 있다면 그는 많은 돈을 쓸 수도 있을 것이다.

그리고…… 그리고…… 그 생기 없는 삶의 인위적인 바닥에 다른 구멍들이 생겨났다. 아침마다 그가 전날 자신 앞으로 보낸 우편물을 뜯어볼 때 편지봉투들 안에 무엇이 있는지 그는 알고 있었다. 그는 자신의 필체, 그가 여러 사건에 대해 써넣은 봉투 각각의 규격을 알아보았다. 그것은 결국 그에게서 모든 환상을 앗아가버렸다! 적어도 다른 사람이 겉봉투에 글을 쓰고 또 그가 알아보지 못하는 봉투를 사용하는 것이 필요했다!

그는 낙담했다. 그는 매우 지겨워져서 며칠간의 휴가를 갖고 거리를 방황했다.

"나리, 안색이 나빠요." 으랄리는 자기 주인을 쳐다보면서 말했다. 그리고 손은 앞치마 주머니에 넣은 채로 그녀는 덧붙였다. "돈도 한푼 벌 수 없는 일에 매달려 그토록 일하는 나리를 저는 도무지 이해할 수 없군요!"

그녀가 나가자 그는 한숨을 쉬었고 거울에 자기 모습을 비춰보았다. 그렇지만 그가 안색이 나쁘다는 것은 사실이었다. 그는 얼마나 늙었는가! 놀란 그의 푸른 눈, 처량맞게 언제나 크게 뜬 그의 눈가에는 주름이 졌고, 그의 눈썹은 새하얘졌다. 머리숱은 현저히 줄고, 구레나룻은 모두 회색으로 변했으며, 정성스럽게 주변의 수염을 다듬은 입은 턱 아래로 들어갔다. 마지막으로 통통했던 그의 자그마한 몸은 살이 빠졌고, 어깨는 활처럼 굽어서 그의 옷들이 더 커지고 더 오래된 것 같았다. 그는 노쇠했다. 그리고 그가 진짜 사무실에서 일할 때는 매우 즐겁게 받아들였던 그 쉰 살이라는 나이에 짓눌린 자신을 보았다.

"나리 몸의 나쁜 피를 좀 뽑아내야 해." 으랄리가 그를 다시 보았을 때 말했다. "나리는 심심해하면서, 왜 낚시를 하러 가지 않는지 모르겠어. 그러면 우리는 센 강의 작은 물고기를 튀겨서 먹을 수 있고, 그도 무료함을 달랠 수 있을 텐데."

부그랑 씨는 천천히 고개를 저었다. 그리고 밖으로 나갔다.

하루는 산책을 하던 중, 자신도 모르는 사이에 식물원에 가게 되었다. 거기서 그는 갑자기 그의 얼굴 가까이에서 어떤 사람이 흔드는 손을 보게 되었다. 그는 걸음을 멈추고, 정신을 가다듬어 그가 예전 사환들 중 한 명임을 알아보았다.

그의 머리에 번개처럼 아이디어가 떠올랐다. 그것은 거의 기쁨의 외침 같았다.

"위리오." 그는 말했다. 그 사람은 몸을 돌려 모자를 벗고, 손에 들고 있던 파이프를 아래로 내렸다.

"어, 이보시요. 그래, 당신은 무슨 일을 하십니까?"

"뭐 아무것도 안 합니다, 부그랑 씨. 이곳저곳에서 잡일을 하면서 퇴직금 외의 돈을 조금씩 벌고 있죠. 그러나, 당돌한 말씀인지는 모르지만, 저는 그럭저럭 놀며 지냅니다. 왜냐하면 제 다리가 더 이상 마음대로 움직여지질 않아 큰일을 못 합니다!"

"내 말 들어봐요, 위리오. 당신은 아직도 정부 사무실의 사환복을 갖고 있어요?"

"그럼요, 부그랑 씨. 밖에 나갈 때 입는 옷을 아끼려고 집에서 입는 오래된 정복이 하나 있습니다."

"아!"

부그랑 씨는 달콤한 생각에 빠졌다. 정복을 입은 그를 그의 집에 근무시키는 것이다. 그는 예전처럼 15분마다 그의 방에 서류들을 가져다줄 것이다. 그리고 사무실에서 봉투들 위에 주소를 쓸 수 있을 것이다. 그러면 아마도 마침내 사무실다워질 것이다!

"사환, 이것 보십시오." 부그랑 씨가 다시 말을 했다. "내 말 잘 들어보세요, 사무실에 출근하는 것과 똑같이 우리 집에 온다면 매달 50프랑을 주겠습니다. 당신이 오르내릴 계단 수는 예전보다는 적을 것입니다. 그러나 당신은 콧수염을 자르고 예전처럼 구레나룻을 기르고 정복 또한 입어야 합니다. 어때, 할 마음이 있습니까?"

"예, 마음에 듭니다!" 그러고 나서 잠시 머뭇거리듯이 그는 한쪽 눈을 찡긋했다. "그러면 부그랑 씨, 당신은 뭐, 은행 같은 회사를 세우실 겁니까?"

"아닙니다, 다른 겁니다. 때가 되면 당신에게 설명하겠습니다. 여기 내 주소가 있습니다. 당신이 할 수 있는 대로 채비를 갖추고 내일 우리 집에 오셔서 일을 시작하십시오."

부그랑 씨는 그와 헤어져 매우 행복해하며 서둘러 집에 왔다.

"어, 주인 어른이 매일 이런 모습이어야 하는데 말이야." 그를 살펴본 으랄리가 말했다. 그녀는 그의 단조로운 생활에서 어떤 사건이 생겼는지 생각해보았다.

그는 긴장을 풀고, 기쁨을 발산하고, 말할 필요를 느꼈다. 그는 하녀에게 그가 만난 사람에 대해 이야기했는데, 그녀의 냉소 섞인 시선 앞에서 불안해하여 잠자코 있었다.

"그러면 그 양반이 아무것도 하지 않으면서 당신의 돈을 먹어치우러 온다는 말이군요." 그녀가 딱딱한 어조로 말했다!

"아니요, 아니죠, 으랄리. 그는 일을 할 거요. 그리고 그는 선량한 사람이고, 자기가 할 일에 대해 잘 알고 있는 늙은 사환이에요."

"돈도 많이 받는군요! 그는 하릴없이 빈둥거리면서 50프랑을 받네요. 나는 청소하고, 요리하고, 당신 시중도 들면서, 한 달에 겨우 40프랑을 받는데 말이에요. 잘라 말하자면, 그건 너무 심하다구요! 아니죠, 부그랑 씨, 그렇게 처리될 수는 없지요. 그 늙은 직원을 쓰세요. 그리고 플란넬 천과 페인트 냄새가 나는 그 방향제로 류머티즘에 걸린 당신 다리나 주물러달라고 하세요. 나로 말할 것 같으면, 나는 나갑니다. 내 나이에 그런 부당한 대우를 참을 수는 없는 법이죠!"

부그랑 씨는 경악하여 그녀를 바라보았다.

"이봐요, 마음씨 좋은 으랄리. 그렇게 화낼 필요는 없잖아
요. 그래요, 당신이 원한다면 당신 급료를 조금 올려줄 수 있
어요……"

"나의 급료라! 오, 이제 당신이 나에게 매달 50프랑을 줄
텐데, 그 돈 때문에 내가 머물러 있기로 마음먹지는 않아요.
당신이 나를 대하는 태도 때문에 떠나려는 거지요!"

부그랑 씨는 그녀에게 월급을 50프랑씩 주겠다고 제안한
적이 없다는 생각을 했다. 그의 의도는 매달 단지 5프랑씩만
올려주는 것이었다. 그러나 기어코 떠나겠다며 으름장을 놓
는 늙은 하녀의 분노에 찬 얼굴 앞에서 그는 머리를 숙이고
용서를 빌었으며, 그녀가 위협했듯이 짐을 싸지는 않도록 상
냥한 말들로 그녀를 달래려고 애썼다.

"그러면 그를 어디에 있게 할 거예요? 항상 내 부엌에 있
도록 하지는 않을 거지요?" 자신이 원하는 것을 획득한 이
상, 분노를 가라앉히기로 한 으랄리가 말했다.

"아니요, 거실에 있을 거예요. 당신은 그의 시중을 들 필요
도, 그를 볼 필요도 없어요. 이것 봐요, 으랄리, 당신이 좀 전
에 했듯이, 그 일 때문에 그렇게 분개할 필요는 없었어요!"

"내가 원하면 나는 화를 낼 수 있어요. 그리고 나는 그 일
때문에 화가 난 것이 아니었어요." 그녀는 다시 공격적인 태
도를 취했고, 남아 있기로 결심은 했지만, 그런 꾸지람 비슷
한 말들은 참을 수 없다는 듯 소리를 질렀다.

기진맥진해진 부그랑 씨는 무례하면서도 자신만만한 태도로 방에서 나가는 그녀를 감히 쳐다보지도 못했다.

4

"오늘 아침은 우편물이 많지 않습니다!"

"안 됩니다, 위리오. 우리는 태만해졌어요. 어제 나는 중요한 사건을 다뤄야 했소. 그런데 나는 혼자라서, 덜 중요한 문제들은 내버려둬야 했소. 그래서 그것 때문에 업무에 지장이 많아졌어요!"

"우리는 군기가 빠졌어요,라고 불쌍한 드 피노델 씨가 하던 말처럼 말이에요. 그분 아셨어요?"

"네, 그래요. 아! 그는 매우 유능한 사람이었죠. 어려운 편지를 작성하는 데는 그 분을 따를 자가 없었죠. 성실한 직원이었던 그도 나처럼 정년이 되기 전에 퇴직당했지!"

"이제 관공서에는 즐길 궁리만 하는 애송이들만 있죠. 그들 머리에는 놀 생각밖에 없어요. 아! 부그랑 씨, 사무실의 질이 떨어져가요!"

부그랑 씨는 한숨을 쉬었다. 그리고 사환에게 나가라는 표시를 해서 내보내고, 그는 일을 다시 시작했다.

아! 정성스럽게 다듬어 써야 할 그 행정 서류의 표현이란!

'만기가 끝난' '당신이 보내주신 편지에 대한 회신으로, 나는 당신에게 다음과 같이 알리는 영광을 갖습니다' '……에 관계된 당신의 전보에 표현된 내용에 의거하여' 같은 표현들. '법에 표현된 내용이 아니라도 의도는' '그런 주장을 지지하기 위하여 당신이 환기시키는 고찰의 중요성을 무시하지 않고' 같은 일상적으로 쓰는 문장 작성법들. 마지막으로 법무부에 보내는 글에 쓰는 '각하께서 피력하신 견해'라는 표현, '나는 이렇게 생각하겠습니다' '당신은 그런 사실을 놓치지 않을 겁니다' '나는 그것에 가치를 두겠습니다'라는 그 모든 회피적 성격의 의미 완화된 문장들, 그것들은 콜베르 시대까지 거슬러 올라가는 어법들로 부그랑 씨에게 엄청난 걱정을 안겨주었다.

양 주먹으로 머리를 쥐고, 그는 초안을 마친 글의 앞 문장들을 다시 읽었다. 그는 현재 고등교육이 필요한 훈련들을 하고 있었고, 최고 행정재판소에 보내는 상고장에 몰두하고 있었다.

그리고 그는 처음에 반드시 써야 하는 문구를 어름어름 읽었다.

재판장님,
소송분과는…… 날짜로 내린 나의 결정이 직권 남용이기에, 판결을 취소하기 위해 아무개 씨가 최고 행정재판소 앞으로 보낸 상고장을 나에게 통지서 형식으로 보내왔습니다."

그리고 두번째 문장은 아래와 같았다.

　청원자가 자신의 소송을 지지하기 위해 제시하는 주장들에 대한 토론을 시작하기 전에 나는 간략하게 본 상소의 원인이 되는 사건들을 상기시키겠습니다.

여기서 쓰기가 어려워졌다.
"그것을 모호하게 표현하거나 너무 말이 앞서가면 안 되겠어." 부그랑 씨는 중얼거렸다. "아무개 씨의 주장은 법적으로 근거가 있어. 솜씨 좋게 그 분쟁에서 벗어나고, 약은 수를 써가며, 몇몇 사항들을 무시해야 해. 말하자면 나는 법적으로 회신을 보내기 전에 40일의 여유가 있어. 나는 그 문제를 염두에 두고 머릿속에서 깊이 생각해야 해. 무턱대고 정부를 옹호하지 않도록 해야지……"
"우편물이 또 있습니다." 편지 두 통을 가지고 오면서 위리오가 말했다.
"또! 아, 오늘은 힘들군! 아이구, 벌써 4시다. 그렇지만 놀라운 일이야." 사환이 나가자 냄새를 맡으면서 그는 혼잣말했다. "위리오에게 마늘 냄새와 포도주 냄새가 고약하게 나다니! 사무실에서처럼 말이야." 만족하면서 그는 덧붙였다. "그리고 사방에 먼지가 가득 해. 그는 빗질 한 번 안 하는군, 사무실에서처럼 말이야. 천성이니 어쩌면 당연하지!"

매우 뻔한 일이지만, 그가 전혀 알아차리지 못한 것은 으랄리와 위리오 사이의 커져가는 적대감이었다. 매달 50프랑을 받는 그녀였지만, 그 술꾼에게 익숙해질 수는 없었다. 그러나 그는 싹싹하고 온순했으며, 부그랑 씨가 벨을 누르기를 기다리면서, 거실 의자에서 졸고 있었다.

"게으른 사람." 그녀는 냄비들과 구리 그릇들을 뒤적거리면서 말했다. "그 늙은 직원이 일도 안 하고 하루 종일 코를 곯아대는 꼴이란!"

그런 자신의 불만을 주인에게 나타내기 위해서 그녀는 일부러 소스를 잘못 만들고, 말을 더 이상 하지 않았으며, 난폭하게 문을 여닫았다.

소심한 부그랑 씨는 고개를 숙이고, 부엌 입구에서 그의 두 하인이 서로 주고받는 끔찍한 욕설들을 듣지 않으려고 귀를 막았다. 간혹 그들의 언쟁이 조금씩 그에게 들렸는데, 그둘은 그를 미치광이, 약간 맛이 간 사람, 늙은 멍청이라고 불렀다.

그 일 때문에 그는 슬픔을 느꼈고 더불어서 그의 일에도 영향을 미쳤다. 이제는 더 이상 마음 편히 앉아 있을 수 없었다. 상소장을 쓰기 위해서는 할 수 있는 한 모든 생각을 집중

해야 했지만, 오히려 그는 머리가 완전히 멍해져옴을 느꼈다. 그의 신경은 그 가정 내의 싸움과 심기가 매우 불편한 으랄리에게 모아졌다. 그가 순한 양 같은 부드러운 눈빛으로 애원하면서 그녀의 마음을 풀려고 했지만, 그럴수록 그녀는 더 강하게 대응하면 그를 이길 수 있으리라는 확신하에 더욱 더 사나워졌다. 그러자 그는 절망하였다. 그는 저녁에 혼자 집에 머물렀고, 지독하게 맛없는 저녁을 먹으면서도 감히 불평하지 못했다.

이러한 소동들은 그렇잖아도 늙어서 생기는 신체 장애들을 더욱 가속화시켰다. 그는 피가 머리끝까지 솟는 듯 했고, 식사 후에는 숨이 찼으며, 자다가 견딜 수 없이 소스라쳐 놀라곤 했다.

그는 점점 계단을 내려가고 사무실을 다녀오는 일이 힘겹게 느껴졌다. 그러나 그는 완강히 버텼다. 그래서 여전히 아침에 외출해서 30분 동안 걸은 후에 집에 돌아왔다.

그의 불쌍한 정신은 오락가락했다. 그럼에도 불구하고 그는 이미 시작한 상소장을 작성하는 데 온몸을 받쳤지만 결국 다 완성하지는 못했다. 계속해서 마음이 좀더 편해질 때를 끈질기게 기다린 그는 이미 만들어놓은 가상의 문제를 푸는 데 열중했다.

그리고 그것을 마침내 해결했다. 그러나 그가 뇌를 너무나 혹사시켰기 때문에 그의 머릿속은 작은 충격에도 뒤집혔다. 그는 비명을 질렀다. 위리오도 하녀도 꼼짝하지 않았다. 저녁 무렵, 그들은 그가 알아듣기 어려운 말들을 중얼거리며, 두 눈을 멍하니 뜬 채 탁자 위에 쓰러져 있는 것을 발견했다. 그들이 부른 의사는, 그가 뇌출혈이고 가망이 없다고 진단했다.

부그랑 씨는 그날 밤에 죽었다. 그동안 사환과 하녀는 서로 욕설을 해대며 각기 멀리 떨어져서 가구들을 뒤지는 데 열중했다.
이제는 아무도 없는 방 안의 책상 위에 종이 한 장이 펼쳐져 있었다. 거기에는 부그랑 씨가 자신의 죽음이 임박했음을 느끼고 서둘러서 급하게 작성한 상소장의 마지막 문장이 씌어 있었다.

그런 이유 때문에, 재판장님, 나는 아무개 씨가 제시한 상소장에 불리한 견해를 발언할 수밖에 없습니다.

궁지
Un dilemme

1

식당에는 도기로 된 난로, 등으로 엮어 만든, 다리가 휜 의자들, 파리의 포부르 생앙투안 가(街)에서 제조된 오래된 떡갈나무 찬장이 있었다. 그 찬장 칸들의 유리창 뒤로 도금한 풍로들, 샴페인 잔들, 지금껏 한번도 사용하지 않은 가장자리를 금으로 장식한 하얀 도자기로 된 식기 한 벌이 있었다. 식탁보 위에서 어두워지는, 천장에 매달린 촛대가 희미하게 비추고 있는 티에르 씨의 사진 아래로, 공증인 르 퐁사르와 랑부아 씨가 자신들의 냅킨을 접으면서, 커피를 가지고 오는 하녀를 눈으로 가리키며 입을 다물었다.

그 여자가 나가자, 자단으로 된 술을 넣어두는 찬장을 연

후, 랑부아 씨는 문 쪽을 의심스럽게 쳐다보았고, 확실히 안심이 되자 입을 뗐다.

"이것 보십시오, 존경하는 장인 어른," 그는 자신의 손님에게 말했다. "이제 우리만 있으니까, 우리가 요즘 신경을 쓰는 그 일에 대해 얘기를 좀 합시다. 장인 어른은 공증인이시죠. 정확히 법적으로 상황이 어떠합니까?"

"그것은," 호주머니에서 자개로 만든 손잡이가 달린 나이프를 꺼내 시가 끝을 자르면서 공증인이 말했다. "자네 아들은 자식, 남자 형제, 여자 형제, 그들의 자손도 없이 죽었네. 그가 이미 고인이 된 그의 어미로부터 받은 재산은 민법 제746조에 의하여 부계 직계존속과 모계 직계존속이 반씩 갖게 되어 있네. 다시 말하자면, 쥘이 그의 재산을 축내지 않았다면, 우리들 각자에게 5만 프랑씩 돌아오는 거지."

"알겠습니다. 그 불쌍한 놈이 유언으로 재산의 일부를 특정인에게 물려줬는지 알아보는 일이 남았군요."

"사실 그것이 해결해야 할 문제일세."

"그리고," 랑부아 씨는 말을 이어갔다. "쥘이 아직도 10만 프랑을 갖고 있고, 유언 없이 죽었다면, 그와 함께 살림을 차린 그 여자를 어떻게 제거하죠? 그리고……" 그는 잠시 생각한 후에 덧붙였다. "그녀가 협박을 하려고 하거나, 이 도시에서 우리를 망신시키기 위해 수치스럽게도 그녀가 우리를 방문하는 일이 없도록 하려면 말입니다."

"그것이 난점일세. 그러나 나도 계획이 있네. 돈을 많이 쓰지 않고, 조용히 그 교활한 여자를 쫓아낼 생각일세."

"'돈을 많이 쓰지 않고'가 무슨 뜻이죠?"

"말하자면, 최대 50프랑이란 말일세."

"가구들도 주지 않고요?"

"물론, 가구들도 안 줘…… 나는 그것들을 정리하여 서두르지 않고 여기로 돌려보낼 걸세."

"완벽합니다." 랑부아 씨는 말을 맺었다. 그는 앉아 있는 의자를 난로에서 고양이가 다니는 구멍 쪽으로 옮기고, 관절염으로 부어오른 오른쪽 발을 그 구멍 바깥쪽으로 힘겹게 뻗는다.

공증인 르 퐁사르는 작은 유리잔의 향기를 맡고 있었다. 그는 코냑을 들고, 마치 장미 매듭을 만들 때처럼 입술에 주름을 만들고, 그 주름진 입술 사이로 단숨에 들이켰다.

그는 말했다. "훌륭해, 이것도 자네 아저씨로부터 물려받은 그 오래된 코냑인가?"

"예, 파리에선 그런 거 마실 수 없죠." 단호한 어조로 랑부아 씨가 말했다.

"물론일세!"

"그렇지만 이보게," 공증인이 말했다. "우리의 입지가 확고하긴 하지만, 조심하면 할수록 좋으니까, 내가 파리로 가기 전에, 그 천한 계집에 대해 알고 있는 정보들을 재검토해

보세. 그녀의 과거는 모르고, 어떤 사건들이 계기가 되어 자네 아들이 그녀에게 반했는지도 알지 못하며, 그녀가 교육을 조금도 받지 못했다고 했지. 그건 그녀가 자네에게 보낸 편지의 글씨체와 내용에서 확연히 드러나. 그리고 내 생각엔, 자네가 그 편지에 답장을 쓰지 않은 것은 정말 잘한 것 같네. 여하튼 이 정보들만으로는 턱없이 부족하군.”

“그러나 그것이 다입니다. 제가 이미 말씀드린 것을 되풀이해서 전해드릴 수밖에 없군요. 쥘이 아프다는 의사의 편지를 받고, 기차를 타고 파리에 도착했을 때, 저는 우리 아들 집에 들어앉아 그를 간호하는 그 화냥년을 발견했습니다. 쥘은 그녀를 하녀로 고용했다고 저에게 단언했습니다. 저는 그 거짓말을 조금도 믿지 않았죠. 그러나 의사가 병자의 마음에 거슬리는 행동을 하지 말라고 했기 때문에 저는 입을 다물기로 했습니다. 그리고 불행히도 티푸스성 열병이 시간이 지남에 따라 악화되어, 그 가짜 하녀가 머물러 있는 것을 끝까지 참으면서, 저는 그곳에 있었습니다. 게다가 그녀는 예의바르게 행동했습니다. 그건 인정해야 할 것 같군요. 그리고 내 불쌍한 아들 쥘의 시체를 장인 어른도 아시다시피 지체하지 않고 옮겼죠. 쇼핑이다 뭐다 돌아다니느라고 그녀를 다시 볼 기회가 없었습니다. 그리고 그녀에 대한 이야기도 더 이상 듣지 못하고 있었는데, 자신이 임신을 했으니 자비를 베풀어 돈을 조금 보태달라는 내용의 그녀의 편지가 도착했습니다."

"협박의 시작이군." 잠시 동안 침묵했던 공증인이 말했다.

"여자로서 그녀는 어떤가?"

"키가 크고 아름답습니다. 담황색 눈에, 치아가 가지런한, 갈색머리의 여자입니다. 그녀는 말을 거의 하지 않았습니다. 순진하고 얌전한 척했지만, 노련하고 위험한 인물 같았어요. 장인 어른, 당신이 어려운 상대와 대적하고 있는 것은 아닌지 겁이 나는군요."

"쳇! 턱도 없지! 나 같은 늙은 늑대를 씹어 먹으려면 그 암평아리는 강한 이빨을 가지고 있어야만 할걸. 게다가 나는 파리에 경찰서장인 친구가 있다네. 필요할 때 그는 나를 도울 수 있을 걸세. 이보게, 그녀가 아무리 교활해 보일지라도 네게는 여러 가지 묘책이 있다네. 그녀가 저항하면 내가 책임지고 굴복시키겠네. 사흘 안에 내 임무는 끝이 나서, 나는 돌아올 것이네. 그때, 나의 적절한 조치에 대한 대가로, 이 오래된 코냑을 한잔 더 달라고 자네에게 요구할 것이네."

"그러면 우리는 기쁜 마음으로 이 코냑을 마실 겁니다, 이것을 말입니다!" 순간적으로 관절염을 잊은 랑부아 씨가 소리쳤다.

"아! 밥통 같은 자식," 그는 자기 아들에 대해 말하면서 다시 입을 떼었다. "그는 한 번도 제 속을 썩인 적이 없었습니다. 그는 법학을 열심히 공부했고, 시험엔 다 통과하고, 친구도 학교 동료도 없이 조금 심하게 고립되어 살았죠. 결코 단 한 번도 빚을 지지 않았어요. 그런데 난데없이 그가 어디서 낚았는지도 모르는 여자에게 속아 넘어가다니. 어찌된 영문인지 모르겠습니다."

"그것이 순리야. 너무 얌전한 아이들은 끝이 안 좋지." 난로 앞에 서 있던 공증인이 말했다. 그리고 그는 늘어진 옷자락을 들어올리고 다리에 불을 쬐었다.

"실제로," 그는 계속 말했다. "그런 아이들이 다른 여자들보다 덜 뻔뻔스러워 보이고, 더 얌전해 보이는 여자를 만나는 날, 그들은 둥지에 있는 까치를 발견했다고 생각하게 되지. 그런데 웬걸! 맨 처음 오는 여자는 그들을 마음껏 속여먹게 돼. 그 여자가 아무리 맹추 같고, 어설프다 할지라도 말이야!"

"참말로," 공증인이 철학적으로 결론지었다. "이제 우리는 나이를 먹어 젊은 남자들이 왜 그렇게 쉽게 여자들에게 속아 넘어가는지 더 이상 이해 못하지. 그러나 우리가 더욱 건장한 다리를 가졌을 때를 되돌아보면, 아! 치마들은 우리들의 머리도 돌게 했었지. 나의 친애하는 사위, 랑부아, 자네는 남들과 항상 같지는 않다고 말해왔지, 그렇지 않나?"

"그렇고 말고요! 결혼 전까지 우리도 다른 사람들처럼 즐기긴 했죠. 그러나 요컨대 장인 어른도 저도, 외람된 말씀이지만 동거란 것을 할 정도로 멍청하지는 않았죠."

“물론이지.”

그들은 서로 미소지었다. 젊음의 열정이 그들에게 되살아나서, 랑부아 씨의 탐욕스러운 입술에 침방울이 맺히고, 늙은 공증인의 주석 같은 시선엔 광채가 돌았다. 그들은 저녁을 잘 먹고, 거품을 약간 걷어낸 보랏빛의 오래된 리세산 포도주를 마셨다. 폐쇄된 방의 온기 속에서 그들 머리 위 머리카락들이 빠진 부분들은 붉게 물들여졌고, 아무도 보는 사람 없이 편안하게 서로 이야기를 나누다가 여자가 화제에 오르자, 흥분된 그들의 입술은 축축해졌다. 여자에 대한 취향을 스무 번 정도 서로 되풀이하면서 그들은 조금씩 서로를 흥분시켰다. 공증인 르 퐁사르는 통통하고 작달막하고 비싼 치장을 한 여자들에게만 성적 매력을 느꼈다. 랑부아 씨는 키가 크고 약간 마른 수수한 차림의 여자들을 선호했다. 그에게는 무엇보다도 여자의 품위가 중요했다.

“어! 거기에 품위란 아무 상관없어. 파리 여자의 세련됨이라면 상관이 있지.” 공증인이 말했는데, 그의 눈엔 불꽃이 반짝였다. “무엇보다도 중요한 것은 침대 위에서 나무 판자 같은 여자를 안지 않는 거야.”

그리고 그가 아마도 자신의 성에 관한 이론들을 설파하려고 했을 때 뻐꾸기 시계가 문 위에서 시끄럽게 시간을 울려서 그는 말을 딱 멈추었다. “제기랄!” 그는 말했다. “10시다!” 내일 첫차를 타기 위해서 일찍 일어나려면 이제 집에 돌아가야 했다. 그는 외투를 걸쳤다. 거실을 채운 다소 쌀쌀한 공기는 그들이 나눈 추억의 열기를 식혔다. 두 남자는 악수를 나누고, 여자들의 환영들이 사라지자, 걱정에 사로잡힌 채 그들이 무찌르려 하는 그 미지의 여자에 대한 증오가 커지는 것을 느꼈다. 그리고 그들이 신처럼 숭배하는, 정의의 기념비인 법에 의해, 그들에게 권한이 부여된 상속재산을 그녀가 무슨 수를 써서라도 그들로부터 빼앗으려 할 것이라고 생각했다.

2

르 퐁사르 씨는 30년 전부터 마른 도(道)에 위치한 작은 고장인, 보샹에 공증인으로 자리 잡았다. 그는 부친으로부터 재산을 물려받았는데, 그 재산은 비양심적인 행동들 덕분에 축적된 것이어서 이 지방의 사람들이 긴 밤 동안 나누는 험담의 무궁무진한 소잿거리였다.

공부를 마친 르 퐁사르 씨는 그곳으로 돌아오기 전에 파리의 한 소송 대리인 사무실에서 얼마 동안 있었는데, 그곳에서 그는 소송 절차의 불성실한 행동들을 세세한 부분에 이르기까지 모두 배웠다.

이미 매우 안정된 성향을 지녔던 그는 너무 인색하게 굴지 않으면서 일정 한도 내의 돈을 쓰는 사람이었다. 파리에서 견습 생활을 하는 동안, 여자들을 만나는 파티에서는 돈을 아낌없이 쓰는 그였지만, 여자에게 너무 인색하게 굴지 않는 대신 자신이 만들어 사용하는 사랑의 계산표에 따라 값이 매겨진 쾌락의 채무를 이행하도록 요구했다. 모든 것에서 공정함, 이라고 그는 말했다. 그리고 그는 주머니에 있는 현금으로 직접 지불하니까, 자기 돈을 고리대금 이율의 쾌락으로 갚도록 하는 것이 타당하다고 생각했다. 일단 채무자인 여자에게 존경의 표시로서 세심하게 돈으로 환산한 금액을 먼저 공제한 뒤에, 일정한 퍼센트의 애무를 요구했다.

그의 눈에는 맛있는 음식과 여자들만이 돈을 들일 가치가 있어 보였다. 삶의 다른 행복들을 위해 쓰는 돈은 낭비였고, 비록 이자를 벌어들이지 않고 금고 속에서 자고 있는 돈일지라도 그 돈을 바라보는 기쁨이란 다른 행복들과 견줄 수 없는, 커다란 것이었다. 그래서 그는 절약이 나병처럼 고칠 수 없는 병같이 존재하는 지방에서 사용되는 잔꾀들을 계속 이용했다. 그는 초의 마지막 심지까지 사용하기 위해서 벽에 다는 촛대와 촛불받이를 사용했고, 귀가 멍멍해지면서도 불꽃도 열기도 없이 멀리서 두 개의 고립된 장작이 붉은빛을 내는, 과부들이 사용하는 불 같은 토탄과 코르크를 사용했다. 그리고 물건을 하나 살 때도 가장 싼 가격에 사기 위해서 도시 전체를 뛰어다녔고, 더 싸게 파는 곳을 몰라서 다른 사람들이 비싸게 물건을 샀다는 것을 알게 되면 특별한 만족을 느꼈다. 게다가 그는 싸게 파는 곳들을 다른 사람들에게 알려주지 않았다. 그런 자신을 매우 자랑스러워하고 또 매우 똑똑하다고 생각하면서, 그의 동료들이 그 앞에서 결코 싸게 산 것이 아닌 물건을 횡재했다면서 보여줄 때 몰래 웃곤 했다.

대부분의 지방 사람들처럼 그는 가게에 들어가서는 주머니에서 지갑을 편히 꺼내지 못했다. 그는 사고자 하는 확고한 의도를 갖고 상점에 들어가서 상품을 세심하게 살피고, 자신에게 적합한 것인지를 따져보았다. 다른 곳보다 질이 좋고 값이 싸다고 판단될 때에도 주저하며, 사려고 하는 물건이 정말 필요한 것인지, 상품 가격과 그것의 이용 가치가 일치하는지를 자문하였다. 또한 대부분의 지방 사람들처럼 그는 빨래를 파리에서 세탁하지 않았는데, 그것은 빨래를 염소 성분에 태울까 염려됐던 탓이다. 그는 빨래를 모두 상자에 넣어 기차로 보상에 보냈는데, 모두 알다시피, 시골에서는 세탁부들이 정직하고, 다림질하는 여자들 역시 세탁물에 해를 입히지 않기 때문이었다.

요컨대, 그의 성욕만이 그의 절약 취향을 어느 정도 거스를 만큼 예외적으로 강력한 것이었다. 매우 용의주도한 르퐁사르 씨는 친구에게 돈을 빌려줄 때는, 아주 적은 금액이라도 생각 없이 빌려주는 일이 없었다. 배고파 죽어가는 친구에게 100수를 빌려주느니, 그를 모른 채 할 수는 없다고 판단하고는, 그에게 8프랑 하는 저녁식사를 제공했다. 그렇게 하면 그는 적어도 자신의 식사비는 건질 수 있고, 자신이 쓴 돈에 대하여 하찮은 이득이라도 챙길 수 있기 때문이었다.

그의 아버지가 돌아가신 후 고향에 돌아왔을 때 그의 첫번째 관심사는 돈 많고 못생긴 여자와 결혼하는 것이었다. 그는 아내에게서 그녀처럼 못생긴 딸을 얻었다. 그러나 그녀는 병약했고, 그녀의 아버지는 어린 나이의 그녀를 랑부아 씨에게 시집보냈다. 그 당시 랑부아 씨는 스물다섯 살이었고, 그 도시 사람들이 하는 말에 따르면, '괜찮은' 상업적 기반을 마련하고 있었다.

홀아비가 되자 사무실을 팔고, 솜씨 좋게 친절을 발휘하면서 사기를 치는 것이 불가능한, 활기 없고 심심한 이 고장과는 다른 파리에 자리 잡고 싶은 욕망이 종종 일었지만, 르 퐁사르 씨는 사무실을 계속 운영했다.

그래도 그가 어디서 더욱 호의적이고, 덜 적대적인 장소를 찾을 수 있을 것인가? 그는 보샹에서 가장 흠앙받는 인물이었다. 이곳 사람들은 그에게 경탄을 아끼지 않았는데, 사실 그 경탄에는 존경과 두려움이 섞여 있었다. 일반적으로 그의 이름을 따르는 찬사들 뒤에는 습관적으로 이런 말이 덧붙여졌다. "어쨌든 그와 친구로 지내는 것이 나은 일이야." 그리고 사람들이 머리를 절래절래 흔드는 것으로 보아, 르 퐁사

르 씨에 대한 악감정이 없지는 않다는 것을 짐작할 수 있게
했다.

그를 조금도 모르는 사람이라 할지라도 그의 외모만 보면
당황하며 경계하게 되었다. 물기 있는 안색, 분홍색 줄들이
얼룩처럼 그어져 있는 광대뼈, 옆으로 비스듬한 들창코, 귀
를 덮고 목덜미 위로 감기는 흰머리, 일꾼 같은 어깨, 뚱뚱한
신부처럼 친근감을 주는 배를 가진 그의 모습은 선량해 보여
사람들로 하여금 먼저 그의 배를 유쾌히 두드릴 정도로 그에
게 마음을 열게 했다. 그러나 이렇게 경솔히 판단한 그들은
곧 그의 겨울처럼 차가운 시선 때문에 얼어붙었다.

지방에 살면서도 파리의 품위를 대표하는 것 같아 보여 특
히 사람들의 칭송을 받고, 파리에 살았음에도 불구하고 자신
의 근본을 잊지 않고 순전히 지방 사람으로 남아 있는 이 늙
은이의 진짜 성격을 보샹에서는 요컨대 아무도 몰랐다.

그 도시에서 그는 최상급의 파리 사람이었다. 왜냐하면 그
의 비누와 옷들이 파리산(産)이었고, 그가 『파리 생활』이란
잡지를 구독했기 때문이다. 거기에 나오는 받아들일 만한 우
아한 자태들은 그의 진중한 눈동자에 불을 지폈다. 한편 이
런 세속적인 취향들에 맞서 『몰리에르 연구가』란 잡지를 구
독하여 그 균형감각을 잃지 않았다. 그 잡지는 몇몇 필자가,
"위대한 희극 작가"의 알려지지 않은 생애를 밝히고자 애쓴
내용이 담긴 것이었다. 게다가 그는 그곳에 글을 투고하기도

했다——몰리에르 작품의 유머는 그도 이해할 만했기에. 반박의 여지없이 훌륭한 그 작가를 그는 무척이나 사랑하여 『귀족 행세하는 돈 많은 평민』이란 희곡을 시로 만들었다. 이 경탄할 만한 작업은 7년 전부터 준비해온 것이었다. 그는 원본의 단어 하나하나를 이해하려고 애썼다. 이 멋진 작업으로 그는 사람들로부터 많은 존경을 받았다. 그렇지만 그는 때때로 그 일을 중지하고, 생일이나 축제일에 친한 사람들끼리 모여 건배를 들 때 즉석에서 시들을 지었다.

그는 또한 최상급의 시골 사람이었다. 왜냐하면 그는 험담하기를 좋아했고 또한 맛있는 음식을 즐겼으며, 구두쇠였다. 작은 도시에서 성적 욕망을 만족시키는 일은 반드시 수치스런 소문을 낳았기 때문에 가급적 억제하였다. 그는 진수성찬의 매력을 인정하여, 불과 담배를 아끼면서 맛있는 만찬을 차렸다. 르 퐁사르 씨는 미식가라고, 그가 베푼 만찬들을 격찬하고 동시에 질투하며 세무관리와 시장이 말하곤 했다. 초기에 이런 식탁의 화려함과 비싼 파리 신문 구독은, 보샹의 사람들로부터 그가 너무도 지나치게 파리의 물을 먹은 척하는 것으로 여겨져 비난을 받을 위험에 처했었다. 공증인은 젊어 보이고 싶어하는 늙은이와 방탕한 사람이라는 평판을 얻을 뻔했다. 그러나 곧 그의 동향인들은 그가 그들과 같은 열정과 증오를 가진, 그들과 같은 부류의 사람임을 알아보았다. 사실은 이러했다. 퐁사르 씨는 직업상 알게 되는 비밀을 지키면서, 사람들의 험담들을 부추기고, 자질구레한 소문들을 이야기하는 것을 몹시 즐겼다. 그리고 그가 돈이 되는 일을 무척이나 좋아하고 저축을 매우 찬양하기 때문에 그의 동향인들은 열광하며 그의 말을 존중했다. 그의 이런 수법들에 뼛속 깊숙이 동요된 그들은, 그것들을 미치도록 좋아해서 매일 들으면서도, 그것들이 언제나 감동적이고, 항상 새롭다고 판단했다. 게다가 그 주제는 그들에게는 무궁무진한 이야깃거리였다. 이곳저곳 어디서나 사람들은 돈에 대해서만 이야기했다. 누군가 한 사람의 이름을 말하면 사람들은 곧 그의 재산을 열거하고, 그가 소유한 재산의 총 가치와 앞으로 그가 얼마나 더 벌 수 있는지를 이야기했다. 어쩔 수 없는 지방 사람들인 그들은 심지어 자기 친척들을 입에 올려, 되도록 악의에 찬 일화들을 늘어놓으며 그들이 소유한 재산의 근원을 캐고, 그 재산의 세세한 내역까지 들먹였다.

“아! 대단한 겸손을 겸비한 무척이나 똑똑한 사람이야!” 보샹의 돈 많은 엘리트들은 말했다. “그리고 얼마나 품위 있는 사람입니까!” 부인들이 덧붙였다. “그가 좀더 얼굴을 드러내지 않는 것이 정말 유감스러워!” 모두 합창하듯 말했다. 왜냐하면 르 퐁사르 씨는 주위에서 쏟아지는 아첨에도 불구하고 멋진 척하면서, 자신의 인기를 계속 유지하기 위해 사람들과 많이 어울리지 않았다. 그리고 그는 사업상의 일로 자주 파리에 갔다. 그런데 보샹에서 『피가로』지의 구독료를 공동으로 지불하는 사교계의 사람들은 이렇게 중요한 인물의 파리 입성을 그 신문이 알리지 않는 것에 약간 놀랐다. 그 신문은 '이동과 전원 생활'이란 제목으로 매일 실업가들과 시골 귀족들이 "우리의 담 안으로" 도착하고 떠나는 것을 특별히 매일 알려주었는데, 알지도 못하고 대부분의 경우에는 이름도 모르는 그들에게 흥미를 가질 수밖에 없는 독자들은 그것을 매우 흡족해했다.

공증인 르 퐁사르의 이 빛나는 영광은 그의 사위이자 친구인 랑부아 씨에게도 조금 비추었다. 그는 랭스에서 양품 제조인으로 일했었는데, 재산을 한몫 마련한 뒤에는 은퇴하여 보샹에 살았다. 사무실을 내지 않고 그의 장인처럼 홀아비인 랑부아 씨는 그 고장에서 가축들이 잘 자라는지, 곡물들이 잘 크는지를 알아보며 지냈다. 그는 국회의원들, 도지사, 부도지사, 시장, 각 급 위원장들을 귀찮게 하고 다녔는데 그것은 자신이 후보로 출마하려고 하는 도의회 선거를 위해서였다.

선거위원회에 소속된 그는 국회의원들을 집요하게 공격하고, 그들에게 인사 청탁을 잔뜩 하는가 하면 자신의 심부름을 하게 만들면서 그들의 삶을 망쳐놓았다. 그는 모임에서 장광설을 늘어놓고, 미래로 향하는 우리 시대에 대해서 말하고, 심문대에 오른 국회의원은 유권자들 가운데 있게 되는 것이기 때문에 행복하다고 단언했다. 그는 선거위원회에 모인 국민들의 거역할 수 없이 당당한 위엄을 격찬하고, 투표 용지를 평화적 무기라고 칭했다. 그는 심지어 지방분권화에 대한 드 토크빌 씨의 말들을 인용하고, 그 솜씨 좋은 새로운 제도들의 효과는 언제나 확실하다면서 두 시간 동안 침도 삼키지 않고 지껄였다.

그는 언제나 도의원을 꿈꿔 왔는데, 자신의 자리를 빼앗기지 않겠다는 결의가 확고한, 그의 음모에 속아넘어가지 않는 의원의 좌석을 여전히 도둑질하지 못했다. 그가 자기 자신만을 위해서 그 자리를 탐한 것은 아니었다. 그랬다면 그의 욕심은 실현되었을 것이다. 자신의 아들을 위해서이기도 했다. 그는 자신의 아들이 도청에서 성스러운 일을 하도록 운명 지어놓았다. 쥘이 공부를 마치면 랑부아 씨는 자신의 인맥과 처세술을 이용하여 그를 군수로 만들 것을 희망했었다. 그는 심지어 의원들에게 매우 강한 영향력을 행사하여 자신의 아들을 마른 도의 우두머리로 만들 생각까지 했었다. 그러면 사업에서 은퇴한 전직 양품제조인 랑부아, 자신의 자식이 그의 고향 사람들을 지배하고, 그의 고향을 운영하는 셈이었다. 실제로 그의 아들이 그토록 높은 지위에 오르게 되면, 그가 평민에 속한다는 사실을 자랑하듯 떠들어댔던 그의 가문은 그가 부러워하면서 증오하는 진짜 귀족과는 대조되는 일종의 귀족 성(姓)을 얻게 되는 것이라고 생각했었다.

그러나 이 모든 욕망의 더미는 무너졌다. 아들의 죽음은 허영에 찬 그 미래를 어둡게 했고, 그 오만의 지평선을 흐리게 했다. 그리고 그는 이런 충격에 대항했고, 그의 가문에 대한 야망은 개인적 야망과 겹쳐지게 되었다. 똑같은 정도로 끈질기게, 그는 이제 도의회에 들어가기를 원했다. 그리고 그를 한 발짝 한 발짝 인도하는 공증인 르 퐁사르의 지원 아래 그는 아무런 장애 없이, 자주 굽실거리며, 강한 경쟁자도 없고 비용도 많이 들지 않는 선거를 꿈꾸며 조금씩 앞으로 나아갔다. 모든 것이 그의 바람처럼 잘 진행되고 있었다. 그런데 이것 보라! 자신이 임신한, 뱃속에 일시적으로 수감한 어린 랑부아 주위로 온 고장 사람들을 모아들이고자 하는 그 매춘부의 위협이 발생한 것이다!

'쥘이 속내 이야기를 할 때 나의 계획들을 말해준 것이 틀림없다.' 돈을 요구하는 그 여자의 편지를 받은 날, 그는 고통스러워하며 생각했다.

"아! 이것은 우리의 가장 치명적인 부분, 우리의 아킬레스 건이야." 공증인이 그 편지를 읽고 한숨을 쉬며 말했다. 그리고 두 사람은 모두 그들이 위선적으로 떠들어대는 원칙들에도 불구하고, 예전에 비슷한 동기로 사람들을 바스티유 감옥에 감금시킬 수 있었던 옛날의 봉인장들을 그리워했다.

3

"이런 순간은 인생에서 가장 행복한 시간 중 하나라고 할 수 있지." '뵈프 아 라 모드'란 식당에서 푸짐하게 점심을 먹은 후 르 퐁사르 씨는 헐떡거리며 말했다. 그는 이제 팔레 루아얄의 회랑 안에 앉아 있었다. 그곳은 다른 시골 사람과 마찬가지로, 진짜 커피를 마실 수 있는 유일한 곳이라고 그가 여기는 곳이었다. 약간 몸이 굳은 채로, 머리는 조금 뒤로 젖히고, 감미로운 무기력함이 온몸을 감싸는 것을 느끼며, 그는 숨을 내쉬고 있었다. 그는 운이 좋았다. 오늘 낮은 전조가 좋았다. 아침 9시부터 그의 손자의 일을 맡아보는 파리의 공증인에게 갔었다. 어떤 유언의 흔적도 없었다. 그곳을 나와, 문제의 그 돈이 예치되어 있는 크레디 리요네 은행에 갔었다. 그는 돈을 잃을까 봐 전전긍긍하며 잠도 못 이룬 형편이었다. 돈은 여전히 거기에 있었다. 확실히, 가장 힘든 일은 비껴가게 되었다. 그가 대항할 여자는, 적어도 그가 아는 바로는, 법적으로 유리한 위치에 있지 않았다. "자, 좋은 징조로 시작되는군." 그는 담배 연기를 조금씩 내뿜으면서 중얼거렸다.

그리고 그는 위가 편안하고 기분 좋은 포만감을 느낄 때 심사숙고하게 되는 사람처럼, 처음에는 무기력증을 느끼다가 점차 삶을 철학적으로 되돌아보게 되는 지경에 이르렀다. 어쨌건 여자들은 남자들을 등쳐먹기 위해 얼마나 의기투합하는가! 어김없이 그의 뇌리를 스치는 이 생각은 조금씩 가지를 쳐서, 남자로서 도저히 저항할 수 없는 여성의 힘의 원천인 모든 육체적 매력들로 연결됐다. 그는 잔치 음식이라 할 수 있는 여자 궁둥이, 디저트인 입술, 디저트 전에 먹는 단 음식을 떠올리는 가슴에 대해 생각했다. 한동안 실컷 즐긴 이런 상상의 조각들은 하나로 합쳐져서 색정적인 나체의 여인으로 변모했다. 그래서 그의 처음 생각만큼이나 명백한, 더불어 그 생각으로부터 불필요하게 파생된 명제인, 이런 생각을 그로 하여금 품게 했다. "아무리 영리한 남자라도 여자들의 이런 유혹을 벗어날 수 없다."

다혈질의, 나이가 들어도 넓은 목덜미가 쭈그러들지 않는 공증인 르 퐁사르는 그 방면에 일가견이 있었다. 60세 이후 시력이 많이 떨어졌지만 육체는 여전히 젊고 단단했다. 부인과 사별한 후 그는 두통과 뇌충혈의 위험에 시달렸는데 의사는 주저 없이 보상에서 그가 지켜야 했던 영속적인 금욕 생활에 원인이 있다고 말했다.

65세가 되었지만 호색의 욕망은 여전히 그를 괴롭혔다. 청년기와 장년기 내내, 식욕이 왕성해서 진미보다는 음식의 가짓수로 배고픔을 채워왔던 그는, 나이가 듦에 따라 미식가의 경향을 띠게 되었다. 그러나 이 점에서도 그의 취향은 지방적인 냄새가 나는 것이었다. 우아함에 대한 그의 열망은 파리에서 멀리 떨어져 사는 사람, 돈 많은 농부, 모조품을 사고 번쩍이는 값싼 물건을 선호하며 화려한 벨벳과 금으로 제작한 묵직한 제품 앞에서 경탄하는 벼락부자의 그것이었다.

그가 보상에서, 식사 후 책상에 앉아 초록상자 더미 앞에 놓인, 성무일과서(聖務日課書)처럼 심사숙고하면서 읽는 구독지인 『파리 생활』 덕분에 그의 머릿속을 떠도는 여성의 특별한 매력들을 음미하고 있을 때처럼, 그는 이제 커피를 마시면서 그것들을 떠올리고 있었다. 그 잡지는 그가 젊어서 한때 파리에 머무르는 동안, 재주도 없고 돈도 없어서 가까이 갈 수 없었기 때문에 더욱더 탐이 났던, 세련된 파리 여인에 대한 상상을 불러일으켰다. 그럼에도 불구하고 그는 그런 풍만한 육체를 직접 접하고 확인하는 데 주저했다. 왜냐하면 그의 강한 욕망에도 아랑곳없이, 그의 혈통에 내재한 선천적인 구두쇠 근성이 그가 그런 구매를 하도록 내버려두지 않았기 때문이다. 그는 접근이 불가능하다고 생각되는 이상형을 상상하는 데 만족했고, 가능하다면 아주 싸게 그리고 가능한 가장 덜 수치스러운 상황에서 이상형의 여인과 만나게 되기를 바랐다. 명백히 노인인 공증인은 양식 있는 인간이었다. 자신은 더 이상 여자들의 마음에 들기를 바랄 만한 나이가 아님을 매우 솔직하게 인정하고는 공공장소에서 벌어지는 그런 시적인 행동을 자제했던 것이다. 아마도 보상에서의 금욕적인 생활 이후, 공증인 르 퐁사르는 식욕을 돋우는 애무가 우선 행해지고, 망령도 들지 않고, 주름살도 보이지 않는, 아직도 젊은 서비스를 동반한, 하얀 식탁보 위에 놓여진 식사라면 예전처럼 영광스럽게 먹을 수 있다고 스스로 인정했다. 그러나 또한 그는 경험에 비추어 입술 끝으로만 조금씩 먹는 여자, 그의 식욕을 부추길 수 없는 여자와 필연적으로 얼굴을 맞댈 것임을 알았다.

특히 그가 혼자 파리에 머물면서 작은 지방 도시의 시선들에서 벗어나 행동이 자유롭고, 두둑한 돈지갑으로 구입한 가짜 보르도산 포도주를 마셔 조금 흥분한 후부터 이런 생각들이 자꾸 떠올랐다.

그는 『파리 생활』 최신호를 읽었는데, 달짝지근한 이야기들과 앞 페이지의 나체 그림들에서 감언이설의 광고에 이르기까지 모든 것이 그를 열광시켰다.

그는 생제르맹 거리 사람들이 그런 식으로 추잡한 짓을 하는 것은 아닌가 하고 조금 의심했지만, 기병대의 승리와 귀부인들의 패배를 쉼 없이 찬양하는 기사들은 충분히 그를 흥분시켰다. 그러나 거짓말 같은 이런 객쩍은 소문들보다는 명확하고 꽤 그럴 듯하게 사실임 직한 광고가 그를 꿈으로 인도하였다. 판매 전략상 과장하고 있는 부분은 알아차렸지만, 실재하고 돈으로 살 수 있는, 요컨대 기자가 지어낸 기사를 쓰기 위해 만들어진 유언비어가 아닌, 상품을 칭찬하는 상업

광고의 태연한 자신감에 그는 놀라면서도 한편 즐거웠다.

그래서 마밀라 유액의 광고는 그의 눈앞에 곧 적당히 통통한 여자의 가슴의 감미로운 감촉을 그려주면서 그로 하여금 미소짓게 했다. 그토록 강하게 주장하고 있는 그 혼합물의 효능을 전적으로 믿을 수는 없다고 생각하면서도, 그는 유쾌한 상상의 여행을 떠날 수 있었다. 왜냐하면 그는 광고문에는 씌어 있지 않았지만, 그 유액을 사용하는 방법을 상상했으며 유액을 문질러 효능이 나타나서 블라우스 속에 팽팽히 당겨진 가슴을 그려볼 수 있기 때문이었다. 처음에는 당연히 납작했던 가슴은 통통한 단계를 거쳐 그가 손으로 만지고 있는 커다란 유방으로 그의 상상 속에서 변해갔다.

소송과 절약의 기쁨으로 꽉 찬 그의 늙은 영혼은 이 상상의 목욕 속에서 긴장이 풀렸다. 그러는 가운데 그의 영혼은 신문을 뚫어지게 쳐다보고 있었는데, 거기에는 향수 진열대가 펼쳐져 있었다. 그 향수의 상표들은 회춘하여 젊어진 피부, 주름이 사라진 이마, 여드름이 제거된 코에 대한 찬양을 서정적 어조로 노래하고 있었다!

'확실히 나는 시골구석에서 먹는 재미로만 살도록 만들어지지 않았어.' 그의 머릿속에 연이어 나타나는 우아한 모습들의 행렬에 넋을 빼앗긴 공증인 르 퐁사르는 이제 한숨을 쉬었다. 사실은 자신이 시인의 영혼을 지니고 있다는 것을 한 번 더 확인한 것에 만족하며 미소를 지었다. 마침내 그의 머릿속 연상작용은 여자들에게로, 그를 파리로 오게 한 원인인 그 여자에게로 그를 인도했다. "그 어리석은 여자를 만나고 싶군." 그는 혼잣말했다. '랑부아의 말대로라면 그녀는 육감적으로 생긴 방탕한 여자로, 야생적인 눈빛을 띤 갈색머리의 통통한 여자겠지. 어! 어! 그러고 보면 쥘이 제법 보는 눈은 있었단 말야.' 그는 자신의 상상에 크게 못 미칠 그 여자의 진짜 모습은 아랑곳없이 그렇게 멋진 바람둥이 여자를 마음속으로 애써 그려보았다. 그리고 그는 상상으로 그려본 그 여자의 통통한 모습의 매력들을 몸을 떨면서 상세히 열거해보았다.

그러나 이런 정신적 쾌락이 점차 사라지면서 그는 평정을 되찾았다. 그는 시계를 보았다. 자기 손자의 여인을 방문할 때까지 시간을 조금 남겨두고 있었기에, 그는 보이에게 신문들을 가져다 달라고 부탁했다. 그는 그것들을 대충 훑어보고 있었다. 횡포를 부리듯이 여자가 다시 나타나, 정치 면에 파묻히려는 그의 의지를 뒤엎으며 그의 머릿속에, 그의 눈앞에, 혼자 굳건히 서 있었다.

그는 자신이 우습게 느껴져서, 고개를 내저은 뒤 마음을 다른 곳에 돌리기 위해 카페 안을 둘러보았다. 그리고 오래된 담배 파이프의 찌꺼기처럼 진이 밴, 유리 장식이 멋들어지게 조화를 이룬 천장의 늘어진 멋진 샹들리에에 가스를 제공하는 관들의 흔적을 공중에서 찾아보았다. 계산대 위의 양은 항아리 속에 부채 모양으로 배열된 숟가락들의 수를 세며 그는 재미있어했다. 오락거리를 더 찾아보려고 그는 유리창을 통해 정원을 바라보았는데, 몇몇 곰팡이가 슨 조각들, 얼룩덜룩한 빛깔의 낡은 정자들, 괴상하게 비뚤어진 줄기에 초록색 잎이 조금 달린 나무들이 심어진 가로수 길들이 있는 그 정원은 그 시간에 거의 인적이 끊긴 채 펼쳐져 있었다. 멀리 작은 분수가 육군 대령의 깃털 장식처럼 물을 위로 내뿜고 있었다. 그 정원은 항상 전나무와 풀냄새가 나는 장난감 상자 속의 정원들, 비슷한 집들이 이루는 네 개의 벽 사이에, 뚜껑도 없는 커다란 색종이 상자 속처럼, 비좁게 만들어진 색 바랜 설날의 장난감과 닮아 있었다.

이 광경은 곧 시들해졌다. 그는 카페로 다시 돌아왔다. 그곳도 거의 비어 있었다. 두 명의 외국인이 담배를 피고 있었다. 세 남자가 크게 펼친 신문들 뒤로 사라져서, 신문 위로 손만 보였으며, 아래로 발이 삐죽이 나온 바지가랑이만 탁자 아래로 드러나 있었다. 보이가 냅킨을 어깨 위에 두르고 의자에 앉아 하품을 하고 있었고, 카페 여주인은 계산을 맞추고 있었다. 루이 필립 시대풍이 섞인, 왕정복고 시대의 모호한 분위기가 나는 이곳이 공증인 르 퐁사르는 마음에 들었다. 털이 달린 모자를 쓰고 하얀 바지를 입은 그 옛날 국민병의 영혼이 둥글고 유리가 달린 옷장에 다시 나타날 것만 같았다. 습관적으로 그 카페에 목을 축이러 오는 외국인들과 지방 사람들은 거기에 어떤 흔적도, 어떤 자취도 남겨두지 않았다. 그래도 그는 떠나기로 마음먹었다. 날씨는 춥고 건조했다. 그를 귀찮게 따라다니는 생각들은 사라졌다. 공증인은 이제 남성에서 벗어났다. 그의 머릿속은 소송이 다시 우세를 차지했으며 소화는 다 되었다. 그는 걸음을 재촉했다.

'나는 어쩌면 그녀를 못 만날 수 있다.' 그는 중얼거렸다. '그렇지만 그녀에게 나의 방문을 미리 알리지 않는 것이 낫다. 그녀는 틀림없이 아직 전략을 세우지 않았을 것이다. 그녀가 준비하지 않고 있을 때, 그녀의 의도를 정확히 파악해야만 그것을 때려 부술 가능성이 더 많다.'

유약을 바른 이름판들을 살펴보며, 그가 이제는 알지 못하는 이 파리에서 길을 잃을 것을 두려워하며, 거리를 종종걸음으로 걸었다. 그럭저럭 푸르 거리에 이르러, 번지수들을 살펴보던 그는 새로 지은 집 앞에서 멈춰 섰다. 하얀 캐러멜처럼 백토를 칠한 현관들, 구리 막대들이 달린 양탄자, 층층대 난간의 유리로 된 둥근 손잡이들, 넓은 계단은 그에게 편리해 보였다. 양쪽으로 여닫는 문짝으로 된 큰 문 뒤에 자리잡고 서 있는 문지기는, 개신교의 목사처럼 그에게 건방지고 엄격해 보였다. 그가 오리같이 생긴 낯짝을 돌리자 그의 인상은 바뀌었다. 이 거만한 사람은 양파와 양배추 냄새가 나는 수위실에서 마치 미사를 집전하듯 서 있었다.

"소피 무보 양 있습니까?" 공증인이 물었다.

　문지기는 그를 훑어보았다. 그리고 5층 복도 끝에서 오른쪽으로 세번째 문이라고, 화주에 취한 목소리로 말했다.

　공증인 르 퐁사르는 계단이 엄청나게 많음을 한탄하며 오르기 시작했다. 5층에 도착하여 그는 땀을 닦고 벽을 손으로 더듬어 가며 어두운 복도를 지나다가 세번째 문을 찾았는데, 거기 자물쇠 안에 열쇠 하나가 꽂혀 있었다. 초인종도 벨도 찾지 못해서 우산 끝으로 나무로 된 문을 살짝 두드렸다.

　문이 열렸다. 여자의 모습이 어둠 속에 나타났다. 공증인 르 퐁사르는 완벽한 암흑 속에 들어갔다. 그는 자신의 이름과 신분을 말했다. 아무 말 없이 여자는 두번째 문을 열고 그를 앞질러 작은 방으로 들어갔다. 그곳은 더 이상 밤이 아니었다. 그러나 한낮인데도 해질녘 같았다. 빛이 벽난로 굴뚝만 한 안마당으로 내려와 전망도 없는 지붕 창을 통해 방 안으로 회색과 슬픈 기운을 띠며 비스듬히 기어 들어왔다.

　"어쩌죠! 방 청소도 아직 안 했어요!" 여자가 말했다.

　공증인 르 퐁사르는 상관없다는 표시를 하고 말하기 시작했다.

　"부인, 외람된 말씀이지만, 제가 쥘의 할아버지입니다. 죽은 손자의 공동 유산 상속인이자 오지 않은 랑부아 씨의 대리인 자격으로, 우선 제 손자가 남긴 서류들을 분류하고 정리하도록 허락해주십시오."

여자는 놀라고 또한 겁먹은 태도로 그를 바라보았다.

"괜찮습니까?" 그가 말했다.

"그러나 저는 쥘이 자신의 물건들을 어디에 두었는지 몰라요. 그가 편지들을 빽빽이 모아두던 서랍이 하나 있었어요. 자, 이 탁자 안, 거기예요."

르 퐁사르 씨는 머리를 끄덕이고 장갑을 벗어 모자챙 위에 놓고, 오렌지색 마호가니 재질의 작은 책상 앞에 자리 잡았다. 거기서 그는 양가죽이 덮인 작은 판자를 어렵게 꺼냈다. 그는 이미 그 방의 황혼녘 어두움에 익숙해져서, 조금씩 가구들을 구별했다. 책상 위에는, 못을 감싼 채 매듭이 지어진 초록색 줄 위에 경사지게 매달린 티에르 씨의 사진이 있었다. 그 사진은 보샹의 아버지 집 부엌에 있는 것과 같은 것이었다——이 국회의원은 그 가족이 특별히 존경하는 사람임이 분명했다. 왼쪽으로 헝겊으로 만든 베개들이 놓인 흐트러진 침대가 펼쳐져 있었고 오른쪽에는 그 위를 약병들이 가득 메운 벽난로가 있었다. 르 퐁사르 씨 등 너머로, 방의 다른 쪽 끝에는 햇빛과 먼지가 흙빛과 적갈색으로 보이게 하는, 푸른색 천이 씌워진 작은 침대 겸 소파가 내려앉아 있었다.

여자는 그 소파 위에 앉아 있었다. 공증인은 자기 등 뒤에 누군가가 있는 것이 불편하여, 반대 방향으로 몸을 돌렸다. 그리고 그녀에게 자기 때문에 하고 있던 집안일을 멈추지 말라고, 마치 자기 집에 있는 것처럼 아주 편히 있으라고 말했다. 그는 그 표현에 조금 힘을 주며 말했는데, 그것은 그의 작전 개시에 앞서 준비하는 것이었다. 그녀는 그가 사용한 말의 의미를 이해하는 것 같아 보이지 않았고, 조용히 앉아서 약병들로 장식한 벽난로만 계속 바라보고 있었다.

'제기랄!' 공증인 르 퐁사르는 혼잣말했다. '이 바람둥이 처녀가 제법인걸. 그녀는 입을 열어 자신의 입장을 위태롭게 할 것을 염려하고 있는 거야.' 그는 등을 돌려 탁자 앞에 배를 갖다 댔다. 전투의 이러한 서두에 그는 화가 났다. 그가 짐작한 그녀의 전략을 받아들인다 하더라도 시작한 일은 끝내야 하고 되는대로 앞으로 걸어나가서 방어 진지를 구축하여 그를 기다리고 있는 적을 닥치는 대로 공격해야 했다.

그가 가까이 몸을 기울여서 살펴본 그 여자의 외모는 그를 불안하게 만드는 동시에 화나게 했다. 그 얼굴에서 생각을 읽어내는 일은 불가능했다. 그녀는 겁에 질려 있었고 말이 없었다. 랑부아 씨가 야생적이라고 칭찬하던 그녀의 눈은 초점을 잃었다. 그 눈빛으로는 어떤 생각도 알아낼 수 없었다.

편지 묶음들을 풀면서 공증인 르 퐁사르는 생각에 잠겼다. 행복한 음식의 소화가 끝나서 그가 베풀 수 있는 조금의 친절도 사라졌다. 게다가 그 여자는 불결한 하녀 같았다! 몸매는 좋지만, 통통하기보다 오히려 마른 체형에 가까운 그녀는 갈색 줄이 있는 회색 플란넬 긴 윗도리를 입고, 푸른색 앞치마를 하고 솜으로 누빈 긴 양말을 신고, 뒤축을 감싼 가죽이 처진, 뒷굽이 다 닳은 슬리퍼를 신고 있었다.

통통하고 아름다운, 비단 스타킹과 새틴 슬리퍼를 신고서 고운 분 냄새를 풍기는, 그가 멋대로 상상한 생기 있는 모습의 여인에게 베풀 수 있었을 본능적인 관대함 대신에 무관심, 심지어 경멸까지 생겼다. 하느님 맙소사! 가여운 쥘은 그토록 풋내기였다는 말인가! 그의 결론이었다. 갑자기 그녀가 임신했다는 생각이 떠올랐다.

늙은 바람둥이인 그가 우아하고 통통한 여인을 만나리라는 기대에서 벗어놓았던 안경을 다시 썼다. 그리고 그는 갑자기 몸을 틀었다.

둔부가 실제로 약간 넓어져서 위로 들려 있었고, 앞치마 아래로 배가 불러 있었다. 조금 더 신경을 써서 살펴보니 얼굴이 약간 상한 듯도 했다. 그녀는 확실히 편지에 거짓말을 쓰지 않았다. 그가 열심히 뚫어져라 쳐다보았기 때문에 여자는 놀라서 그를 쳐다보았다. 공증인 르 퐁사르는 침묵을 깨는 것이 필요하다고 판단했다.

"집 계약서가 있습니까?" 그는 그녀에게 말했다.

"계약서요?"

"예, 쥘은 집주인과 합의하에 계약서에 사인하고, 그 계약 조건에 따라서 이 집을 석 달, 여섯 달 또는 아홉 달씩 빌리지 않았습니까?"

"제가 알기로는 아니에요."

"그래요, 그럼 더욱 잘됐군요."

그는 등을 돌려 하던 일을 계속했다.

그가 편지들을 재빨리 살펴보았지만 모두 중요한 것이 아니었고, 그 여자에 대한 어떤 언급도 없었다. 그녀의 알려지지 않은 과거에 대한 의문이 그의 머리를 떠나지 않았다. 다른 편지 묶음들도 그것에 대한 정보를 제공해주지 않았다. 그는 편지를 쓴 사람들의 주소를 적어두는 데 만족했다. 필요하다면 마지막 수단으로 그들에게 편지를 써서 물어볼 속셈이었다. 마지막으로 그는 따로 분류해둔 이미 지불한 계산서 더미를 살펴보았다. 그는 그것을 서둘러 호주머니에 넣었다. 결국 그는 고인의 뜻을 밝히는 어떤 서류도 발견하지 못했다. 그러나 이 여자가 유언장을 감췄다가 유리할 때 보이려고 하는지는 모를 일이지 않는가? 그는 분명 곤란한 입장에 있었고 그의 손자에 대해, 그 여자에 대해 화가 났다. 그의 계획의 실행을 늦추는 이런 불확실한 상태에서 그는 벗어나기로 결심했지만, 그럼에도 불구하고 그는 갑자기 질문하는 것을 주저했다. 자신의 공격의 약점을 드러내 보이고 자신이 두려워한다는 것을 고백하게 될까 두려웠고, 그렇게 하여 아마도 그녀가 진지하게 생각해보지 않은 길로 그녀를 이끌게 될 것이 무서워서였다.

'오! 어쨌든 그런 일은 일어날 것 같지 않아.' 이 마지막

반박에 스스로 대답하면서 그는 중얼거렸다. 그리고 그는 결심했다.

"이봐요, 젊은 처녀." 그의 다정한 말투는 소피를 놀라게 했는데, 공증인의 과묵한 시선은 동시에 그녀를 얼어붙게 했다.

"이봐요, 우리 불쌍한 아이가 다른 서류들을 보관하지 않았다는 것이 확실해요? 솔직히 말하자면, 그가 자기 친구들에 대해 언급한 말 한마디, 한 줄의 글조차 발견할 수 없다는 사실이 놀랍군요. 일반적으로 따뜻한 마음을 가진 사람이라면, 그래요, 우리 쥘은 매우 정이 많은 아이였지요, 작은 선물, 하찮은 것, 사소한 것, 예를 들면 이 칼이나 이 실 뭉치라도 요컨대 사랑했던 사람들에게 기념으로 물려주지요. 모든 조치를 취하는 데 필요한 시간이 있었는데도 쥘이 이렇게, 심하게 말하자면 이기적으로, 타인을 배려하지 않고 죽을 수 있었을까요?"

그는 조심스럽게 여자에게 시선을 고정시켰다. 그는 갑자기 그녀의 두 눈에 눈물이 가득 차는 것을 보았다.

"그리고 당신, 그를 그토록 극진히 간호한 당신을 그가 잊었다는 것은 불가능한 일입니다!" 급기야 그는 거의 분개하는 듯한 열정적 어조로 말했다.

'어쩔 수 없지,' 그는 혼잣말했다. '나는 깡그리 잃느냐 아니면 모두 얻느냐에 승부를 건 셈이야.' 그가 본 그녀의 눈물이 사실상 그로 하여금 갑자기 결심을 하게 만들었다. '그녀는 마음이 흔들린다. 내가 재촉하면 그녀는 모든 것을 다 고백할 것이다'라고 그는 생각했다. 그리고 그는 전략을 바꿔서 그가 처음에 세운 계획과는 반대로 분명하지만 완화된 질문을 했다. 이제는 여자가 어떤 유언장도 갖고 있지 않다는 사실을 거의 확신했다. 왜냐하면 그는 그녀가 애인에 대한 기억 때문에 울 수 있으리라고는 생각지도 못했으며, 그녀의 슬픔은 오직 유언장을 소유하지 못한 데서 기인한다고 주저 없이 판단했기 때문이다.

"예, 그렇습니다." 눈물을 닦으면서 그녀는 말했다. "쥘이 아팠을 때, 그는 제가 먹고 살 수 있을 만큼 저에게 유산을 물려주고자 했어요. 그러나 그는 그것을 글로 남기기 전에 죽었어요."

"젊음이란 그토록 지각이 없는 법이죠." 르 퐁사르 씨는 심각하게 발언했다. 그리고 그는 자신이 느끼는 강렬한 환희를 애써 감추면서 잠시 입을 다물었다. 그의 가슴을 짓누르던 무게가 10킬로그램이나 더 가벼워졌다. 그의 카드에 으뜸 패들이 몰려왔다. '너, 곧 내가 너에게 전승을 거둘 거야.' 그는 혼잣말했다.

그는 일어서서 정신을 몰두한 채 방 안을 이리저리 거닐었다. 그리고 손가락 사이로 손수건을 굴리면서 가만히 있는 소피를 아래로 쳐다보았다.

'정말로 내 손자는 눈이 낮아. 저토록 촌스럽고 순진한 처녀라니!' 그리고 바느질 때문에 망가진 집게손가락과 집안일로 더러워지고 음식을 하느라고 톱니 모양이 된, 손톱이 두드러져 보이는 약간 통통한 그녀의 손을 그는 곁눈질했다. 옷도 잘 입지 못하고 세련미라곤 조금도 없는 하녀들이 갖고 노는 인형 같은 여자라고 그는 생각했다. 이런 확인은 그로 하여금 자신도 모르게 그녀에게 더욱 가차 없이 대하도록 했다. 잘 빗지 않아 뺨까지 내려오는 그녀의 머리는 그를 잔인할 정도의 냉혹함으로 유도했다.

"아가씨," 그리고 그는 그녀 앞에 멈춰 섰다. "어찌됐든 본론으로 들어가야겠습니다. 랑부아 씨는 당신이 그의 아들에게 하녀로서 아낌없이 베푼 간호를 고맙게 여기지만, 당연히 이런 상황이 계속되도록 내버려둘 수는 없습니다. 나는 오늘 당장 이 집의 임대 계약 해제를 통고하려 합니다. 왜냐하면 오늘이 15일이니, 그럴 때가 됐기 때문입니다. 내일 나는 가구를 옮기도록 할 겁니다. 당신의 급료 문제만 남았군요. 랑부아 씨는 당신이 보여준 근면함을 알고 있고 쥘이 매달 45프랑을 주지 않고는 당신처럼 헌신적인 하녀를 두지 못했으리라 판단했습니다. 제 생각도 같습니다. 그 돈은, 당신도 알다시피 파리이기 때문에, 꽤 후한 금액입니다. 왜냐하면 우리 시골 사람들은," 공증인은 여담으로 덧붙였다. "하인들을 훨씬 싼 가격에 고용합니다. 이 상황에서 그 사실은 중요하지 않지만 말이죠. 그래서 오늘이 15일이니까, 15일에다가 8일을 더 쳐서 당신에게 지불해야 합니다. 당신도 계산할 줄 아니까, 다시 말하면 33프랑 75상팀을 줘야 하죠. 이 금액을 받고 영수증에 사인해주십시오."

겁에 질려서 여자는 일어났다.

"그러나 저는 하녀가 아니었습니다. 당신도 제가 쥘과 어떤 관계였는지 알고 계시잖아요. 저는 임신을 했어요. 편지까지 썼는데요……"

"말을 막아서 미안합니다." 르 퐁사르 씨가 말했다. "당신이 쥘의 정부였다면 그건 문제가 다릅니다. 그러면 당신에게 한 푼도 줄 수 없어요."

그녀는 이 강한 공격에 대경실색했다.

"그럼, 이렇게 당신은 곧 태어날 아기와 함께 저를 돈도 한푼 없이 쫓아내시는군요." 그녀는 숨넘어갈 듯 말했다.

"천만에요, 아가씨, 결코 그렇지가 않습니다. 당신은 문제를 돌리는군요. 우리 아이의 애인인 당신을 쫓아내는 것이 아닙니다. 하녀인 당신에게 당신이 일한 8일을 더 쳐주는 거죠. 그건 같은 것이 아닙니다. 이봐요, 내 말을 잘 들어요. 쥘이 당신을 자기 아버지에게 하녀라고 소개했습니다. 랑부아 씨가 여기 있던 동안 당신은 하녀로서 일했지요. 그래서 랑부아 씨는 당신과 자기 아들의 관계를 모르거나 아니면 적어도 모르리라고 우리가 생각하는 거죠. 지금 관절염 때문에 외출이 불가능한 그가 나를 파리로 보내 자기 대신 해결되지 않은 유산 상속에 관계된 문제들을 결말지으라고 했습니다. 그리고 당연히 그는 하녀가 필요 없다고 판단했습니다. 왜냐하면 하녀의 시중을 필요로 하던 사람이 이젠 더 이상 없으니까요."

소피는 흐느끼기 시작했다.

"그렇지만 저는 밤을 지새며 그를 간호했습니다. 지금도 그렇게 해야 한다면 똑같이 할 겁니다. 왜냐하면 그는 저를 무척 사랑했으니까요. 아! 그이, 그는 따뜻한 사람이었습니다. 그는 저를 어려움에 처하게 하느니 차라리 자기가 모든 것을 포기하며 지냈을 거예요. 그럼요, 명백히, 그는 자신이 임신시킨 여자를 쫓아 보내지 않았을 겁니다!"

"오! 그 문제는 잠시 미뤄 둡시다." 짧고 신속하게 공증인이 말했다. "당신이 주장하듯이 쥘의 노고의 결과로 당신이 임신을 하게 되었다는 것을 인정하더라도, 당신 침실의 비밀을 캐내는 일은, 당신도 동의하듯이, 나 같은 나이의 남자가 할 일이 아닙니다. 나는 이런 일에는 절대적으로 재판권이 없다고 선언하는 바입니다. 요컨대," 갑작스레 생각이 떠올라 그는 다시 말했다. "당신은 임신한지 몇 달이 됐습니까?"

"4개월입니다."

공증인 르 퐁사르는 심사숙고하는 것처럼 보였다. "4개월이라! 그런데 쥘은 이미 병이 들었기 때문에 건강한 사람들만이 할 수 있는 그런 육체 관계는 건강상의 이유로 하지 못했을 텐데요. 그러므로 그가 아니었을 수도 있다고 생각할 수 있는데……"

"그러나 그는 4개월 전에 병상에 없었습니다." 공증인의 추측에 격분한 소피가 소리쳤다. "의사도 온 적이 없었고요…… 그리고 그는 저를 무척 사랑했습니다. 그리고……"

르 퐁사르는 한 손을 뻗었다.

"좋아요, 좋아. 충분히 알겠어요." 방법을 잘못 동원하여, 임신 기간을 가지고 그 여자를 당혹스럽게 하지 못해 조금 화가 난 그가 말했다. 그는 신랄한 어조로 덧붙였다. "과도한 무절제가 쥘에게 병을 일으키고 그의 죽음을 재촉했으리라 짐작했었는데 이제 확신이 서는군요. 우리 불쌍한 아이처럼 몸이 튼튼하지 못할 때 말하자면…… 너무 건강하고 너무 까무잡잡한 피부를 가진 사람을 만났다는 것은 정말로 불행한 일이죠." 그는 그 마지막 형용사에 매우 만족하며 말했다. 그는 그것이 결정적이며 동시에 정확한 표현이었다고 생각했다.

소피는 그런 비난에 아연실색하여 그를 바라보았다. 그녀는 대답할 용기도 더 이상 없었다. 그만큼 그녀를 비난하는 행동이 터무니없어 보였다. 그녀가 밤낮으로 간호한 남자를 향한 그녀의 사랑이 그의 죽음의 원인일 수 있다고 말하는 그가 그녀를 경악하게 했다. 그녀는 목이 메었고 고갈된 듯이 보였던 그녀의 눈물은 다시 펑펑 쏟아졌다.

　그러는 동안 공증인은 그 눈물이 그녀를 더 아름다워 보이게 하지는 않는다고 생각했다. 오열하는 동안 튀어오르는 그녀의 배는 우스꽝스러워 보이기까지 했다.

　그런 생각이 더더욱 그를 너그러운 이로 만들지 않았다. 그렇지만 그 불행한 여자의 절망이 점점 커져 이제는 두 손에 얼굴을 묻고 뜨거운 눈물을 흘리게 만들자 그는 약간 누그러졌고, 몇 시간 뒤에 한 여인을 길 위로 그렇게 내던지는 것은 아마도 잔인한 짓일 거라고 마음속으로 인정했다.

　그는 그런 자신에게 화가 났다. 그가 하려는 행동과 동시에 그가 느끼는 동정심의 이율배반적 상황이 불만스러웠다.

　그는 그 여자를 더 가증스럽게 생각하기 때문에 그의 냉혹함을 강화시키고 정당화할 수 있으며, 본의 아니게 그의 마음속에 생겨난 약간의 불편한 마음을 떨쳐낼 수 있을 만한 결정적인 이유를 찾았다.

　그는 두 개의 질문을 했다. 스스로 확신을 갖고 그가 기대하는 방향으로 여자가 어쩔 수 없이 대답하도록 하기 위한 거짓, 스스로를 속이면서 그가 진실을 알기 위한 거짓을 주장했다.

　"요컨대, 아가씨, 나는 우리 손자가 당신을 어떻게 알았는지 모르고 있습니다. 물론 당신의 명예를 실추시키려고 하는 말은 아니지만, 감히 말하건데, 그가 이렇게 매력적인 당신의 처녀성을 빼앗은 첫 남자는 아니었습니다." 그리고 그는 정중하게 손으로 인사를 했다. "그래서 우리 법조계 사람들이 말하듯이 피해가 없는 곳에는 보상도 없는 법이지요."

소피는 계속해서 눈물을 조금씩 흘렸다. 그녀는 아무 대답도 없었다.

'좋았어,' 공증인 르 퐁사르는 생각했다. '반박하지 않는군. 그렇다면 내가 정곡을 찌른 거야. 쥘은 그녀의 첫번째 애인이 아니었어. 그리고……'

그는 다시 말했다. "둘째로, 당신이 내 손자와 지냈던 그런 비정상적인 상황은 계속될 수 없었으리라고 당신도 생각하지요, 그렇지요? 어떤 방식으로든 그 관계는 끝이 났을 겁니다. 쥘이 지방의 군수가 되어 명망 높고 돈 많은 집안의 여자와 결혼을 했거나, 미래는 알 수 없는 것이기에, 이러저러한 이유로 그가 당신을 버렸거나 아니면 당신이 그를 떠났을 겁니다. 어떻게든 당신과의 관계는 필연적으로 끝났을 거요."

"아니에요," 그녀는 머리를 쳐들고 강력하게 부인했다. "아니에요, 쥘은 저를 버리지 않았을 거예요. 그는 자기 아이를 가진 여자와 결혼했을 거예요. 그는 저에게 그렇게 말했어요. 얼마나 여러 번 말했는지 몰라요!"

'참으로 그렇고말고, 이 바람난 여자야.' 공증인이 중얼거렸다. '그것이 내가 너의 입에서 듣고 싶었던 말이다.' 이번에는 전혀 양심의 가책을 느끼지 않았다. '내 손자에게 처녀

로 몸을 바치지도 않은 창녀가 그와 결혼할 계획을 갖고 있었다니!'

'터무니없는 일이야,' 그는 되풀이했다. '우리 가문에 이 걸레 같은 여자가 들어올 뻔했다니!' 그는 적이 당황스러웠다. 그는 이 여자를 데리고 오는 걸, 그리고 그와 함께 그가 살고 있는 고장을 가로질러 그의 집 정문과 현관을 지나서 신분이 낮은 여자와의 잘못된 결혼에 대경실색해 있는 가족 사이로 들어오는 여인의 모습을 재빨리 그려보았다. 형편없는 옷차림에, 식사 예절도 없고, 앉을 줄도 모르며, 종잡을 수 없는 이야기만 하는 그녀의 우스꽝스러운 현재의 삶과 그의 지위를 위태롭게 만들 그녀의 치욕스런 과거사를 그는 마음속으로 그려보았다. '아, 그래. 우리는 겨우 위험을 모면했다!'

그의 결심은 확고부동했다.

"이 영수증에 사인을 할 거요, 말 거요?" 그는 짧지만 단호한 어조로 말했다.

그녀는 몸짓으로 거부했다.

"잘 생각하시오. 나는 당신에게 나갈 문을 열어주는데, 당신은 그것을 거절하는 거요. 내 스스로 그 문을 닫지 않도록 조심하시오."

그리고 그녀의 계속된 침묵에 그는 분노를 삼키면서, 팔짱을 끼고 자애로운 목소리로 다시 말했다.

“나를 믿고, 고집 부리지 마시오. 우선 그것은 당신에게 아무런 도움이 되지 못해요. 생각해보구려. 당신이 이 영수증에 사인하는 것을 거절한다면, 어떤 일이 생기겠소? 당신은 일전 한 푼 없이, 돈을 벌 대책을 강구할 시간도 없이 길거리로 쫓겨나 있을 거요. 당신 뱃속에 있는 이 죄 없는 아이를 위해서라도 고집 부리면서 이 제안을 계속 거절하지 마시오. 이 제안만이 유일하게 받아들일 만한 거요. 왜냐하면 그것이 양쪽 모두의 이익이 되니까요. 자, 큰맘 먹고……”

그는 그녀의 코앞에 영수증을 내밀었다.

그녀는 그것을 손으로 밀쳤다. “아니요, 저는 사인을 하지 않을 거예요, 두고 보세요. 무엇보다도 저는 제 아이이기도 한, 그의 아이를 키우고 싶어요……”

“나에게 아기가 세례 받을 때 세례수반 앞에 아기를 안고 있고, 양육비를 내라고 곧 요구하겠군요.” 공증인 르 퐁사르는 거의 빈정거리며 말했다. 그만큼 그녀의 야망은 괴상망측해 보였다! “그러나 아가씨, 아버지를 찾는 것은 법적으로 금지되어 있어요. 많이 배우지 않은 사람도 그런 것쯤은 다 알죠. 아, 그러면, 시간이 별로 없으니까, 우리 이렇게 해결을 보는 게 어때요? 두번째이자 마지막으로 하는 말이오. 당신이 쥘의 하녀였다고 한다면 당신에게 33프랑 75상팀을 주겠소. 그러나 그의 정부였다면 당신은 한 푼도 받을 수 없소. 이 두 가지 중에서 당신에게 가장 유리해 보이는 제안을 선택하시오."

'그리고 그것이 궁지라는 거야, 나는 그것을 만드는 데 일가견이 있지.' 그는 매우 만족스럽게 생각했다. 그는 우산을 들고 모자를 썼다.

소피는 격분했다.

"좋습니다, 저도 제가 무엇을 할 수 있는지 생각해볼 겁니다." 그녀가 소리쳤다.

"아무것도 없어요, 부인, 내 말을 믿어요. 우선 당신은 내일 정오까지 생각할 시간이 있어요. 그 시간이 지나면 나는 가구들을 옮기고 떠납니다. 그리고 집 열쇠를 주인에게 돌려줍니다. 오늘밤뿐입니다. 밤 동안 잘 생각해서 내일 좀더 현명한 판단을 하게 되길 바랍니다."

그는 예의바르게 그녀에게 인사를 했고, 그녀가 아연실색하여 움직이지 못하자 그를 배웅하기 위해 나올 필요는 없다고 빈정거리며 말했다. 그러고 나서 그는 정중하고 아주 조심스럽게 문을 여닫았다.

4

샹파뉴 부인은 계산대 앞에서 자기 말에 도취한 것처럼 천천히 말하는 것을 좋아했다. 그녀는 천식이 있고 뚱뚱하며,

머리가 희고 몸이 부은, 얼굴이 햇볕에 그을린 여인이었다. 사방의 주름으로 피부가 늘어진 그녀는 마치 이마에 줄무늬를 넣고, 눈가는 터지고, 뺨은 찢어진 듯이 보였다. 세월의 먼지가 피부 속에 파고들어 지울 수 없는 줄무늬를 그어놓은 것처럼 그 주름들은 얼굴에 검게 파였다.

그녀는 수다스럽고 어슬렁거리기를 좋아했다. 그리고 스스로 자신을 중요한 인물로 평가했다. 마을 사람들은 그녀를 영향력 있고 정의로운 사람으로 존경했다. 그녀는 사실상 가난한 사람들의 구세주로서, 진정서들을 써서 프랑스의 명사들에게 보냈는데, 그러고 나면, 이유는 모르겠지만, 그들은 종종 가난한 사람들을 접견했다.

반대로 그녀의 개인 사업은 그다지 성공적이지 못했다. 그녀는 적십자사 가까이의 뷰콜롱비에 거리에 상품을 많이 갖추지 않은 문방구점 겸 신문가게를 열고 있었는데, 그곳은 겨우 파산만 면할 정도로 유지되고 있었다. 그럼에도 불구하고 그녀는 행복했다. 왜냐하면 그녀의 가장 내밀한 희망을 실현하고, 소문을 듣기 좋아하는 그녀의 취향에 이 가게는 안성맞춤이었기 때문이다. 그곳은 마치 진짜 정보를 제공하는 장소, 일종의 작은 경찰서와 같아서, 대화로 대체되는 진술 서류들에는 형벌과 범죄 대신에 여러 가정의 간통과 싸움, 해결된 부채와 해결하지 못한 채무들에 대한 이야기가 오갔다.

그녀가 보호해주고, 귀부인들의 자선의 대상이 될 수 있도록 도와주는 가난한 여자들 중에 도리아트 부인이 있었다. 그녀는 68세로 마르고 등이 굽었으며, 젖은 눈에 입은 움푹 들어갔고, 위선적인 얼굴을 하고 있었다. 그녀는 옛날, 배수구 시설을 만드는 데 동원되었던 여자와 닮았다. 그리고 성당 현관에서 동냥하는 여자 거지들을 더 많이 닮았는데, 그녀는 사실 그들을 빈번히 만났고, 잘되면 생쉴피스 성당의 신부들과 함께 그들을 만났다. 그녀는 샹파뉴 부인과 성모 마리아를 똑같이 숭배하며 살았다.

그날도 도리아트 부인은 문방구점 안 의자에 앉아 그녀를 잘 지탱하지 못하는 다리와 티눈으로 뒤덮여 언제나 티눈을 담는 주머니가 달린 장화를 신어야 하는 자신의 넓적한 발을 한탄하고 있었다.

샹파뉴 부인은 위로를 동반한 동의의 표시로 머리를 끄덕거렸다. 갑자기 그녀가 소리질렀다.

"저것 봐, 소피잖아! 그래, 맞아. 그런데 눈이 퉁퉁 부었네!"

"도대체 어디요?" 도리아트 부인이 목을 길게 늘이면서 말했다.

문방구점 주인 여자는 대답할 시간이 없었다. 문이 종소리를 심하게 울리며 열렸다. 그리고 눈물로 퉁퉁 부은 눈을 한 소피 무보가 들어와 두 여자 앞에서 오열하기 시작했다.

"무슨 일이야?" 샹파뉴 부인이 말했다.

"그렇게 계속 울면 안 돼!" 도리아트 부인이 동시에 말했다.

그녀들은 급히 소피에게 가까이 가서 그녀를 의자 위로 밀어 앉히고, 기운을 회복시키기 위해 물을 탄 약용 식물액을 억지로 그녀에게 마시게 했고 자기들도 그 틈을 타 작은 컵으로 마셨다.

"이제 우리에게 모두 말해보렴." 도리아트 부인이 말했다. 그녀는 소맷자락으로 입을 닦았다.

호기심으로 눈이 반짝이는 두 여자에게 들볶여서 소피는 쥘의 할아버지와 자기 사이에 벌어진 광경을 이야기했다.

잠시 침묵이 흘렀다.

"아, 야비한 늙은 놈!" 자신의 늙은 영혼을 짓누르고 있던 격분을 마치 밸브를 연 것처럼, 욕으로 분출시키며 도리아트 부인이 외쳤다.

침착한 샹파뉴 부인은 깊이 생각했다.

"그러면 그가 언제 다시 오지?" 그녀는 소피에게 말했다.

"내일 정오요."

그러자 문방구점 주인 여자는 손가락을 하나 세우고 마치 예언하듯이 이렇게 말했다.

"우리는 낭비할 시간이 없어. 그러나 내가 너에게 말하겠는데, 너는 하나도 걱정할 필요 없어. 너는 아기를 가졌어, 그렇지? 그러면 그들은 너에게 양육비를 줘야 해. 나는 법에 통달하지는 않지만 그 정도는 알아. 중요한 것은 그들의 수작에 넘어가지 않는 거야. 게다가 내 이름이 샹파뉴 부인인 이상 내가 얼마나 분노했는지를 그 늙은 악어 같은 놈에게 보여주겠어!" 그리고 그녀는 일어났다. "내 모자와 숄을 주세요." 그녀는 경탄을 금치 못하고 꼼짝 않고 있는 도리아트 부인에게 말했다. 그녀는 모자를 쓰고 숄을 둘렀다. "도리아트 부인, 가게를 조금만 봐주세요. 그리고 너는, 애야, 눈이 못 쓰게 되겠다. 그만 울음을 그치고 나를 따라와라. 함께 옆의, 내 대리인에게 가자."

샹파뉴 부인이 그토록 강하게 자신감을 표현하자 소피는 눈물을 그쳤다.

"너도 알게 되겠지만, 발로 씨는 매우 좋은 사람이야." 가는 길에 문방구점 주인이 말했다. "그 사람은 벽에서 돈을 짜낼 사람이야. 그리고 그는 막힘이 없어. 그는 모든 것을 다 알아. 두고 봐. 자, 저기야. 올라가자. 아니, 잠깐 숨 좀 돌리게 기다려."

그녀들은 힘들게 4층까지 올라가서 구리로 만든 팻말이 달린 문 앞에 멈췄다. 거기에는 빨간색과 검은색으로 이렇게 새겨져 있었다. "발로, 연금 수납인, 손잡이를 돌리세요." 샹파뉴 부인은 층층대 난간에 기대어 헐떡거렸다.

"이렇게나 뚱뚱하다니, 정말 바보 같은 일이야." 그녀는 한숨 쉬며 말했다. 재빨리 숨을 여러 번 내쉬고 나서 코를 푼 그녀는 성당에 들어가는 것처럼 진중한 얼굴을 하고 문을 열었다.

그녀들은 이전에는 식당이던 사무실로 들어갔다. 거기에는 검은색으로 칠한 두 개의 탁자가 창문을 막고 있었고, 그 탁자들 위에 두 명의 남자가 몸을 구부리고 있었다. 둘 중 한 명은 늙었고 머리에 암탉의 솜털 같은 것이 나 있었다. 다른 한 명은 젊고 키가 작은 털복숭이였다. 그들 중 아무도 머리를 돌리지 않았다.

"발로 씨를 만날 수 있나요?" 샹파뉴 부인이 말했다.

"모르겠습니다." 움직이지도 않고 늙은이가 대답했다.

"그는 바빠요." 젊은이가 멸시하며 소리질렀다.

"그러면 우리는 기다릴게요."

그리고 그녀는 권하지도 않는 의자들을 낚아챘다. 그녀들은 말도 없이 앉았다. 소피는 눈을 내리깔고 생각을 정리하지도 못한 채, 아침에 공증인으로부터 받은 충격에서 아직도 벗어나지 못하고 있었다. 문방구점 주인은 회색 정리함, 상자, 가죽띠로 묶은 서류 뭉치들이 채우고 있는 그 방을 둘러보았다. 진흙 묻은 장화, 마른 잉크, 고기 탄 냄새가 뒤섞여 났다. 때때로 사람 목소리가 초록색 회전문 뒤 십자형 유리창 앞에서 들렸다.

"여기가 그의 사무실이야." 샹파뉴 부인은 자신이 돌봐주는 여자에게 은밀히 말했는데, 그런 중요한 정보도 소피를 수심에서 벗어나게 하지 못했다.

문방구점 주인 여자는 앞으로 할 말을 머릿속으로 생각해 보았다. 그리고 시간을 때우기 위해 늙은 직원의 구두, 찢어진 구두 목, 벌레처럼 꼬인 구두 고무끈, 비뚤어진 구두 뒤축을 관찰했다. 그녀가 졸기 시작할 무렵, 초록색 회전문이 열리고 대리인이 나타났다. 그는 의뢰인을 층계참까지 바래다주며 안부의 말을 잔뜩 늘어놓은 뒤에 돌아왔다. 그는 샹파뉴 부인을 알아보고, 그녀에게 들어오라고 했다.

그가 나타났을 때부터 서 있었던 두 여자는 발뒤꿈치를 들고 그의 사무실로 따라 들어갔다. 그는 정중하게 두 여자에게 앉을 의자를 가리키고, 자신은 반원형의 마호가니 의자에 몸을 뒤로 젖히고 앉았다. 배의 노를 본 떠 만든 커다란 페이퍼 나이프를 무사태평한 자세로 갖고 놀면서, 그는 자신의 고객인 두 여자에게 방문 목적을 물었다.

소피가 이야기를 시작했는데, 샹파뉴 부인도 이미 어름어름 들은 사실에 자신의 생각들을 섞어가면서 동시에 말했다. 이런 뒤얽힌 이야기에 피곤해진 발로 씨는 질문을 하나씩 차례로 하고 싶었다. 그래서 샹파뉴 부인에게 입을 다물고 우선 직접적으로 상관이 있는 사람이 설명하라고 요청했다.

"그리고 당신이 지금 원하는 것이……" 그가 상황을 파악한 후에 말했다.

"우리는 그녀가 자신의 권리를 인정받기를 원해요." 자신이 말을 할 순간이 왔다고 판단한 문방구점 주인 여자가 소리쳤다. "이 불쌍한 아가씨는 그 남자의 아기를 가졌어요. 그는 죽어서 이 아가씨에게 아무것도 해줄 수가 없지요. 그것은 명확한 사실이에요. 그러나 제가 생각하기에 그의 가족은 이 아가씨에게 연금을 제공해야 마땅해요. 수유 기간에 필요한 돈과 아이를 양육하는 데 드는 비용을 말이에요! 그 치사하고 냉혹한 사람들이 이 아가씨를 내일 길 위로 쫓아낼 거라고 말했대요. 그래서 우리가 대항해서 할 일이 있는지 알아보러 왔습니다."

"친애하는 부인, 아무것도 없습니다."

"어떻게 아무것도 없을 수가 있나요?" 문방구점 주인 여자는 경악해서 소리질렀다. "그러면 가난한 사람들은 도대체 보호받을 수가 없군요! 그렇다면 원하면 언제든지 사람들을 빈털터리로 만들 수 있는 사람들이 있겠군요!"

발로 씨는 어깨를 으쓱했다. "집은 고인의 이름으로 되어 있고 가구들도 또한 그렇지요, 알아듣겠죠? 또 한편으로 쥘 씨는 상속인들이 있죠. 그렇다면 이런 경우 그들은 원하는 대로 행동할 자유가 있는 거죠! 당신이 보기에는 뱃속의 유복자가 아가씨에게 권리를 부여한다고 생각되지만 그것은 전적으로 잘못된 판단입니다. 아무것도, 절대적으로 아무것도, 당신 내 말 듣고 있죠? 이 아기의 아버지가 쥘 씨라는 것을 그들이 인정하도록 만들 만한 것이 없습니다."

"도대체 이런 일이 가능할 수 있다니!" 샹파뉴 부인이 목이 메어 말했다.

"그렇습니다. 법이 존재하고, 그것은 명백한 것이죠." 대리인이 미소지으며 말했다.

"어, 그래요. 당신들의 법은 명확하군요! 소피의 상황 같은 것에 대한 해결책이 법 속에 규정되어 있지 않다면 그 속에 도대체 무엇이 들어 있는지 알고 싶군요!"

"아니요, 그런 상황은 규정되어 있지요, 나의 친애하는 샹파뉴 부인. 그리고 그것에 의하면 아가씨가 합법적인 수단으로 권리를 요청하는 것이 금지되어 있습니다."

"이리 와, 이리로, 아가씨." 격분한 문방구점 주인 여자가 말했다. 그녀는 일어났다. "법은 남자들이 만들었다는 것을 잘 알겠어. 모든 것이 그들을 위해 존재할 뿐, 우리들을 위해서는 아무것도 없어. 내가 쥘의 할아버지를 붙잡으면 그의 눈을 뽑아버리겠어. 그는 그렇게 당해도 싸!"

그리고 발로 씨의 조소 섞인 웃음소리에 화가 머리끝까지 치민 샹파뉴 부인은 이성을 완전히 잃어버렸다. 만약 어떤 남자가 자기에게 감히 그런 종류의 가증스러운 짓들을 한다면 중죄재판소에 회부되는 일이 있다 하더라도 그녀는 반드시 복수를 하겠다고 단언했다. 게다가 그녀는 경찰, 감옥, 판사도 하나 개의치 않는다고 덧붙여 말하고, 발로 씨에 의해 더 자극되어 10분이 훨씬 넘도록 횡설수설해댔다. 발로 씨는 이 사건에서 얻을 이익이 하나도 없음을 깨닫고 그저 재미있어할 뿐이었다. 그리고 그는 마음속 깊이 그 지방 공증인에게 공감을 느끼면서 궁지를 만들어 몰아대는 그의 능수능란한 능력을 높이 평가했다.

소피는 눈을 고정한 채, 못에 박은 듯 서서 움직이지 않았다. 내일 아침부터 그녀는 돈도 집도 없이, 마치 개처럼 밖으로 내던져진다는 생각도 점차 무뎌졌다. 이 불 보듯 뻔한 극심한 고통 대신에 막연하고 거의 평온에 가까운 지경의 슬픔이 엄습해왔다. 그녀는 자신을 휘감고 있는 무기력에 저항하면서, 몸을 움직일 수도 없어서 마치 눈을 뜬 채로 잠자고 있는 듯 보였다. 그녀는 더 이상 울지도 않고 체념했으며, 그녀의 운명을 샹파뉴 부인의 손 안에 다시 내맡겼다. 그녀는 자기 자신에 대해서도 관심이 없어졌다. 그녀와 매우 관계가 깊지만, 더 이상 그녀가 아닌 한 여인의 불행에 대해서 문방구점 주인 여자와 같이 동정심을 가졌다.

그러한 무기력, 너무 눈물을 많이 흘려 생긴 그런 몽롱한 무관심을 이해하지 못하는 샹파뉴 부인이 역정을 냈다.

"자, 몸을 좀 움직여 봐, 그렇게 멍청하게 있지 말고!"

그녀는 마지막 남은 분노를 다 끌어내서 외쳤다. 그리고 조금 더 마음을 가라앉히고 좀더 침착을 되찾고는 대리인에게 물었다.

"그러면 발로 씨, 당신은 우리에게 할 수 있는 말을 다 해주신 겁니까?"

"아, 아! 그렇습니다, 선량한 부인. 이런 일에 당신을 도울 수 없어서 유감입니다." 그는 경의를 표하고, 특히 샹파뉴 부인에게 높은 존경심을 나타내며 그녀들을 예의바르게 문으로 밀어냈다.

그녀들은 아연실색한 채 가게로 돌아왔다. 그러자 이번에는 도리아트 부인이 화를 냈다. 샹파뉴 부인은 계산대 뒤에서 머리를 손으로 감싸쥔 채 누워 있었다. 그녀는 때때로 그녀의 늙은 친구의 분노 섞인 고함 소리에 움찔했는데, 그 친구의 분별력은 그날따라 더욱 흐렸다. 소피에 대해 말하다가, 뚜렷한 이유도 없이 갑자기 자신에 대해 말했고, 자기 남편 즉 고인이 된 도리아트의 인생에 대해 이야기했다. 그의 사회적 지위에 대해 그녀는 몰랐거나 잊어버린 것 같았다. 왜냐하면 그녀는 그의 옷에 달린 금실은 기억할 수 있었지만 그가 프랑스 원수였는지, 연대의 고적대 대장이었는지, 면도크림 장수였는지 아니면 수위였는지 정확하게 말하지 못했다.

도리아트 부인의 빗줄기처럼 계속 퍼붓는 듯한 이야기는 마음의 동요가 사라진 문방구점 주인 여자를 잠들게 했다. 깃털이 달린 펜을 사러온 여자 손님이 그녀를 깨웠다.

그녀는 하품을 하고 저녁거리에 대해 생각했다. 시간이 지나 있었다. 도리아트 부인이 적십자사 가까이, 드라공 거리에 있는 싸구려 식당 '열 여덟 개의 냄비'에 가서 수프 둘과 양고기 두 쪽을 사와서 셋이 먹기로 했다. "당신이 음식을 사오는 동안 나는 커피를 준비하겠어요. 그리고 그동안 소피는 수저를 놓아라." 샹파뉴 부인이 말했다.

20분 후 그녀들은 원형 탁자, 물통, 작은 풍로와 의자 세 개만 달랑 있는 가게 뒷방에 자리 잡았다.

소피는 음식을 넘기지 못했다. 음식이 그녀의 목에 걸렸다.

"자, 아가씨," 식인귀처럼 먹어대던 도리아트 부인이 말했다. "조금이라도 억지로 먹어야 해."

그러나 젊은 처녀는 고개를 저었고 문방구점 주인 여자가 기르는 개 티티에게 자기 몫의 고기를 주었다.

도리아트 부인은 계속 권유했다.

"그녀를 가만히 놔둬요. 슬픔이 뱃속에 꽉 차서 그래요." 샹파뉴 부인이 정확히 판단하여 말했다. 그녀도 그날 저녁에는 식욕이 없어서, 적포도주를 한 잔 가득히 채워 마시면서 배를 채우고 있었다.

도리아트 부인은 그 말에 전적으로 동의했지만 한 마디도 보태지 않았다. 왜냐하면 그녀의 두 뺨이 음식으로 가득 차 있었고 고기즙이 턱에까지 도랑처럼 흘러내렸기 때문이다. 그만큼 그녀는 서둘러 접시들을 비웠다.

메틸 알코올 램프를 끄고 커피잔에 뜨거운 물을 부으면서 문방구점 주인 여자는 말했다. "자, 이제, 우리 이야기를 해

보자. 소피, 내일 어떻게 할 생각이야?"

젊은 처녀는 고통스럽게 어깨짓을 했다.

"아마도 집주인을 만나러가야 할 것 같아." 샹파뉴 부인이 용기를 내어 말했다. "그래서 그에게 며칠만 유예 기간을 달라고 부탁해야겠어."

"오! 그도 돈 많은 사람이에요! 부자들은 항상 그들끼리 공모하여 가난한 사람들을 괴롭히죠!" 도리아트 부인이 오랜만에 현명하게 말했다.

"그 늙은이가 분명히 집주인을 찾아가서 내일 가구들을 옮기겠다고 말했을 거야." 샹파뉴 부인이 중얼거렸다. "당신을 쫓아내도록 집주인에게 돈을 줬을 수도 있어. 오! 냉혈한! 아, 나는 어쨌건 상관없어. 나는 그들의 법에도 아랑곳하지 않을 거야. 이렇게 네가 밖으로 내쫓기게 두지는 않을 거야. 안 되고말고, 그럼. 그러면 그들은 너무 흡족해할 테니까!"

그녀는 말을 딱 멈추고 작은 스푼으로 커피를 한 방울씩 떠 마시던 소피에게 소리쳤다.

"그렇게 마시지 마, 아가씨. 배에 바람이 찬다고!"

그리고 그녀는 잠시 깊은 생각에 빠졌는데, 그런 충고를 하느라고 단절된 생각의 실타래를 다시 이으려 하고 있었다. 그러나 그렇게 하지 못했다. "충분해," 그녀가 다시 말했다. "내가 너에게 하고 싶은 말은, 요컨대 두 사람이 먹으나 세 사람이 먹으나 마찬가지라는 거야. 나는 돈이 없어, 아가씨.

그러나 그건 아무 상관없어. 네가 쫓겨나면, 이리로 와. 그러면 얼마 동안 여기서 먹고 자면 돼.”

갑자기 새로운 생각이 그녀에게 떠올랐다.

“그래…… 너는 네 앞가림도 하지 못하니까, 내일 너 대신 내가 쥘의 할아버지에게 말을 하면 어떨까? 아마도 그에게 이것저것 따져서 얘기하면 그가 너에게 보상을 하도록 만들 수 있을지도 몰라.”

소피는 즉각 찬성했다.

“아! 샹파뉴 부인, 당신은 정말 마음씨가 좋으세요.” 그녀를 껴안으면서 소피가 말했다. “저 혼자서는 아무것도 해결하지 못할 거예요.”

그것은 그녀의 절망 속에서 한 줄기 빛이었다. 문방구점 주인 여자의 탁월한 지성을 인정하고, 그녀의 높은 교육 수준을 확신한 소피는 그녀가 있음으로써 더욱 유리하고, 나쁜 상황을 모면할 수 있으리라고 생각했다. 그녀는 자신은 능란하지도, 자신을 남에게 잘 이해시키지도 못한다고 생각했기 때문에 그런 판단이 옳다고 여겼다. 그녀가 보베 가까이 있는 작은 마을인 고향을 떠나올 때 그녀는 아무것도 몰랐고 그녀에게 매질만 해대는 아버지와 어머니로부터 어떤 교육도 받지 못했다. 그녀의 과거는 세간에 떠도는 저속한 이야기들과 다름없었다. 부유한 농부의 아들에게 귀찮게 쫓기다가, 잔혹한 학살처럼 참혹하게 강간을 당한 후에 곧 버림을 받았다. 그와 결혼하지 못했다고 나무라는 아버지로부터 반쯤 죽을 정도로 구타를 당했다. 그녀는 도망쳤고 파리의 한 부잣집에서 아이를 돌보는 하녀로 일했는데, 그곳에서 그녀는 배가 고파 거의 죽을 지경이었다.

우연히 쥘과 만났다. 그는 이 아름답고 순진한 여인에게 반했다. 그녀는 교육은 못 받았지만 사랑스러운 성격과 기민함을 보였다. 사람들이 자신을 함부로 대하는 것에 익숙해진 그녀 또한 소심하고 다소 서투른 이 청년에게 반했다. 그는 그녀에게 명령하는 대신에 그녀를 소중히 다루었다. 같이 살자는 그의 제안을 그녀는 기쁘게 받아들였다. 그들의 동거는 한없이 행복했다. 그녀는 애인을 기쁘게 해주기 위해 잘못된 언어 사용을 조금씩 고쳤고, 적절한 순간에 침묵을 지키면서 예절을 갖추어나갔다. 그는 무도회, 카페, 그를 당황하게 만드는 영악스러운 여자를 싫어했다. 그에게 용기를 주고 그를 편안하게 해주는 순종적이고 온화한 여인 곁에, 자기 방 안에 있는 것을 좋아했다. 그러던 어느 날 그녀는 자신이 임신했음을 알게 되었다. 쥘은 용감하게 그 아이를 받아들였고, 자신이 벌써 무거운 책임을 져야 하는 나이에 이르렀다는 것에 즐거워했다.

갑자기 어떻게 된 일인지 그 청년은 원인 모를 중병에 걸렸다. 그러자 동거 생활의 즐겁던 일상이 끝나버렸다. 그 병 때문에 일어나는 불안과 고뇌 말고도 쥘의 아버지가 올지 모른다는 생각이 그녀를 겁에 질리게 했다. 그녀는 그런 위협을 피하지는 못할지라도 늦추고자 애썼다. 그녀의 애인은 항상 더러운 빨래를 상자에 넣어 아버지 댁에 보냈기 때문에 그녀는 양말과 와이셔츠를 더럽혀서 시골로 보내야 했다. 이런 속임수가 처음에는 성공했다. 그러나 곧 랑부아 씨는 아들로부터 정기적으로 편지를 받지 못하는 것에 놀랐고 불평했다. 병자는 남은 힘을 모아서 몇 줄의 글을 괴발개발 썼다. 그 글들은 좀처럼 종잡을 수 없는 내용이라서 아버지의 놀람은 근심으로 바뀌었다. 한편 의사는 자신의 환자가 가망이 없다고 판단하여 가족에게 알려야 한다고 판단했다. 소식을 접한 랑부아 씨는 곧장 파리에 도착했다.

그녀는 부엌에만 있었다. 하녀로서 앞에 나서지 않는 역할만 수행하고 차를 준비할 뿐 입은 한 번도 열지 않았다. 목위로 기어 올라오는 오열을 참으며 빈사 상태의 환자 앞에서 여느 하인들이 보이는 그런 무관심함을 표했다. 그러나 그의 아버지가 호텔로 돌아가면 그녀는 그에게 한없는 애정 표현을 했다.

그러나 그토록 착하고 그토록 순수한 그녀였지만, 의사가 그의 아버지에게 아들의 진실에 대해서 모두 알리고 충고를 했다는 것은 모르면서도 그의 아버지가 그녀의 속임수에 속고 있지는 않다는 것을 잘 알고 있었다. 게다가 수많은 사소한 것들이 그들이 그 집에서 동거를 해왔었다는 사실을 드러냈다. 침대에서 들어내어 식당 바닥에 갖다놓은 매트리스, 하나뿐인 대야, 한 컵에 나란히 놓인 칫솔 두 개, 화장대 위에 항상 놓여 있는 하나뿐인 포마드 통. 그녀는 거울이 달린 장롱에서 자기 옷들을 꺼내 치워놓는 조심성을 보였다. 그녀는 다른 단서들에 대해서는 생각을 못했다. 그만큼 그의 아버지의 도착은 그녀의 머리를 혼란스럽게 했다. 조금씩 그녀는 그런 생각하지 못한 일들을 알아채고는 비밀을 누설하는 물건들을 서투르게 숨기고자 애썼다. 그러나 이런 노력에도 불구하고 랑부아 씨의 의심을 모두 사라지게 할 수 있다고 생각하지는 않았다.

그도 지극히 품위 있게 행동했다. 그는 소피의 보살핌을 받아들이고 그녀가 돈을 아끼면서 마련해주는 저녁을 먹었다. 몇몇 음식에 대해서는 심지어 칭찬까지 늘어놓았다.

그는 그 여자가 하는 역할에 대해 일말의 언급도 하지 않았다. 다만 아들의 죽음 후에 그가 이미 진실을 알고 있었다는 것을 깨닫도록 해주었다. 열린 책상 서랍들 중 하나에서 발견한 소피의 사진을 그는 이렇게 말하면서 그녀에게 돌려주었다. "아가씨, 이제는 이 가구에 들어 있으면 안 되는 이 사진을 당신에게 돌려주겠소." 그리고 장례를 위해 시신을 지방으로 옮기는 소란 속에서, 그는 그녀를 말하자면 잊어버렸다. 그래서 그녀에게 돈도 소식도 보내지 않았다.

그날부터 그녀는 거의 얼빠진 상태로 살았다. 그녀는 가여운 줄 때문에 하염없이 눈물을 흘렸고, 육체적 피로와 임신으로 고통받으며 하루하루 매우 적은 돈으로 살아가면서, 그녀 애인의 아버지가 도우러 오기만을 기다렸다. 그리고 돈이 한 푼도 없기에 그녀는 그에게 편지를 보냈고, 오지 않는 답장을 기다리며 귀를 쫑긋 세우고 살았는데 답장 대신 무서운 늙은이가 방문하여 그녀를 쫓아냈다.

그러나 이제 그녀에게 행운이 미소지었다. 그녀가 신문과 잉크를 살 때 알게 되었고, 매일 아침 시장에 갈 때 일상적인 이야기를 나누러 찾아갔던 샹파뉴 부인이 그녀를 돕겠다고 나섰다. 그녀는 대단한 능변가이고 사람들을 대하는 것에 매우 능숙할 뿐만 아니라 결혼한 여자, 법적으로 결혼식을 올린 여자 상인이라고 소피는 생각했다. 그녀는 명예로운 지위도, 방어할 힘도 없어서 사람들이 매몰차게 대하고 공증인이 무찌르려고 하는 자신처럼 불쌍한 여자가 아니었다. 서글픈 절망에서 강한 희망으로, 생각이 극에서 극으로 뛰어서 소피는 자신의 불행이 종말을 고하려 한다고 확신했다. 그리고 도리아트 부인은 젊은 처녀가 속으로 생각하고 있던 것을 거리낌 없이 큰소리로 표현했다.

"당신의 일은 해결된 것이나 다름없어요, 내 귀여운 아가씨. 왜냐하면, 생각해보세요, 높은 지위에 있는 사람들은 항상 서로 통하는 법이니까요. 아마도 공증인의 위협을 너무 과장해서 우리가 받아들인 것일 수도 있어요." 그녀는 덧붙여 말했다. "그의 재산, 그것을," 그녀는 갑자기 이유는 모르 겠지만, 셀 수 없는 것이라 생각했다. "그것만 보더라도 그 는 나쁜 사람일리가 없어요." 그리고 진심으로, 그녀가 상기 한 공증인의 재산의 영향으로, 도리아트 부인은 그녀가 여태 까지 그토록 심하게 비난했던 그 늙은이에 대해 이제는 막대 한 존경심을 느꼈다.

샹파뉴 부인은 자신이 그 존경할 만한 사람에게 말을 하 고, 사교계의 여인처럼 그와 대화를 나눌 거라는 생각에 자 기 나름대로 어느 정도 우월감을 느꼈다. 그리고 그런 일은 자신이 보기에 그녀 스스로에게 어느 정도 위엄을 부여하는 것 같았다. 여러 달 동안 사람들 사이에서 화제가 될 것이 다! 그녀의 착한 마음씨를 칭찬하고 그녀의 능란한 솜씨를 자랑하며, 먼 곳에까지 그녀의 훌륭함을 떠들어댈 동네 사람 들로부터 얼마나 큰 인기를 얻을 것인가! 그녀는 그 꿈속에 서 정신을 잃었고 속으로 다음 날 공증인을 시무룩하게 만드 는 기쁜 결과를 얻어낼 이야기들을 준비하면서 행복하게 미 소 지었다.

"그가 훈장을 달지 않았어?" 그녀는 갑자기 소피에게 물 었다. 젊은 처녀는 그 남자의 옷에서 붉은 것을 본 기억이 없 었다. 문방구점 주인 여자는 그것에 화가 치밀었다. 그랬다 면 그와의 대면은 더욱 위엄 있었을 것이다. 그러나 그녀는 그녀 인생에서 자신의 재능을 그렇게 드러내고 자신의 매력

을 펼쳐 보일 그런 기회는 결코 없었다고 스스로 되풀이하면
서 위안을 삼았다.

　처음에 슬픔이 그랬던 것처럼 이제 가게 안에는 기쁨이
넘쳐흘렀다. "자, 한 잔 마시자, 나의 아가씨." 샹파뉴 부인
이 소피에게 제안했다. "그리고 친애하는 부인, 당신도 생
각 있어요?" 그녀는 도리아트 부인에게도 권했다. 그녀는
말하자마자 응했다. 그녀는 잔을 내밀고 그것을 뒤로 빼지
않았다. 아마도 잔 끝까지 채우기를 바라서인 것 같았다.
그러나 문방구점 주인 여자는 그녀에게 술을 조금만 따라
주었다. 그리고 그녀들은 건강과 행운을 빌면서 셋이 함께
건배를 했다.

　덧문을 닫아야 할 시간이 되었을 때, 기운을 회복한 소피는
그토록 많은 소스라칠 만한 충격들을 받은 뒤에 겨우 평온을
되찾았고, 계획의 성공을 더 이상 의심하지 않았다. 그녀는
받을 돈의 총액을 벌써 예측해보았고, 미리 그것을 여러 몫으
로 나누어보았다. 산파를 위해 어느 정도, 유모를 위해 얼마
만큼, 일자리를 얻을 동안 쓸 수 있도록 그녀 자신을 위해 어
느 정도.

　"예측하지 못한 일이 발생할 수도 있으니까, 그것을 위해
서도 돈을 약간 준비해야 할 거야." 현명하게 샹파뉴 부인
이 충고했다. 그리고 인생은 나쁜 것만은 아니라고 생각하
면서 그녀들은 웃었다. 여주인의 개 티티도 그런 기쁨에 감

격한 듯 짖어댔고, 염소 새끼처럼 탁자 위로 뛰어오르고, 세 여자의 얼굴을 꼬리털로 쓰다듬으며 즐거운 기분을 한층 돋우었다.

"좋은 생각이 있어!" 갑작스럽게 도리아트 부인이 탄성을 지르며 말했다.

그녀는 일어나서 오래된 카드들을 찾아 성공을 점쳤다. "아가씨, 내일 행운이 있을 거야. 카드를 나누어봐. 아니, 결혼하지 않았으니까 왼손으로." 그리고 그녀는 동시에 세 개의 카드를 뽑았다. 그리고 그것들 중에서 두 개가 같은 계열의 것인지 살펴보고, 그런 경우에 그녀는 엄지손가락과 가장 가까이 있는 것을 선택하여 탁자 위에 정돈했다.

"너는 클로버의 퀸이야, 이것 봐. 왜냐하면 너는 갈색머리이고 스페이드의 퀸도 또한 갈색머리야. 그러나 그녀는 과부나 못된 여자일 수밖에 없어. 그건 너에게 맞지 않아."

그녀는 그렇게 세 번이나 서른두 개의 카드를 다 사용하여, 매번 일부분을 자기 치마 속으로 던지고 탁자 위에는 반드시 필요한 홀수의 숫자, 열일곱 개의 카드만 남겨 놓았다. 그리고 그녀는 이제 오른쪽에서 왼쪽 방향으로 여주인공인 클로버의 퀸으로부터 하나, 둘, 셋, 넷, 다섯, 하고 숫자를 세다가 마지막 카드에서 손길을 멈췄다. 클로버의 아홉! 그녀는 의기양양하여 소리쳤다. "그건 돈이야. 하나, 둘, 셋, 넷, 다섯, 그 돈은 이 임금, 점잖은 남자가 줄 거야. 하나, 둘,

셋, 넷, 다섯……"

"여섯! 블라우스를 들어올리세요. 일곱, 여덟, 아홉, 황소처럼 때리세요!" 샹파뉴 부인이 덧붙여 말했다.

그러나 모든 것이 그녀의 성공을 예언했고 도리아트 부인은 그런 유치한 방해에 대꾸할 생각조차 하지 않았다.

"다섯!" 그녀는 다시 말을 했다. "다이아몬드의 아홉, 이것은 법률가를 의미하는 이 클로버의 임금에 비하면 종이쪽지에 지나지 않아. 됐다! 너는 편안히 잠을 자도 돼. 너의 운은 좋아."

"그리고 내일은 해가 뜰 거야." 한 손으로 카드들을 모두 싹 쓸어버리며 샹파뉴 부인이 말했다. "자러 가자, 아침 일찍 준비하고 있어야 할 테니!" 그녀는 내일 가게 문을 열자마자 대신 일하겠다고 약속한 도리아트 부인의 손을 잡고, 소피의 두 뺨에 뽀뽀하면서, 아침이 되자마자 집 청소를 하고 옷을 잘 입고 무장을 잘하고 있으라고 충고했다. 그녀 자신도 즐거운 축제 전야처럼 흥분하여, 내일 그 상황에 적합하도록, 그리고 매우 아름다운 여인을 맞이해서 그 공증인이 충분히 흐뭇해할 수 있도록 화려한 옷을 입고 갖고 있는 모든 보석으로 치장하리라 생각했다.

5

'내 나이에! 피테르 식당에서 손님을 끄는 창녀에게 속아 넘어가다니!' 공증인 르 퐁사르는 자신의 잘못을 후회했다. 말하자면, 그 여자에게 마실 것을 제공하도록 강요하고, 그녀 집에 따라가도록 만든, 그 이해 못할 충동, 그 몰지각한 자신의 행동을 뉘우쳤다.

그러나 그는 술에 취한 유쾌한 상태가 아니었다. 그 우스꽝스러운 여자가 그의 식탁에 앉으러 왔을 때, 시간만 낭비할 뿐이라고 그는 솔직하게 말을 했는데도, 그녀는 그와 이런저런 얘기를 나누었다. 그리고 남자들이 들어와 그녀에게 인사를 했고, 그녀는 그들에게 손을 내밀고 작게 속삭였다. 이런 사소한 일 때문에 아마도 그녀를 소유하겠다는 무의식적인 결심이 은밀히 생긴 것 같았다. 아마도 우선권의 문제가 있었고, 먼저 도착하여 자기 자리를 지키고 싶어하는 남자의 고집과 더 젊은 남자들과 경쟁해야 한다는 분노와 더 비싼 값을 치르더라도 선택 비슷한 것을 받고자 창녀에게 간청하는 늙은이의 자존심도 조금은 관련이 있었다. 아니다. 그것들 중 어느 것도 사실은 이유가 아니었다. 억제할 수 없는 충동, 그의 의지와는 상관없는 행동이었다. 왜냐하면 그는 어떤 육체적 욕망도 없었고, 그 여자의 외모에는 그의 취향과 부합되는 면이 하나도 없었기 때문이다. 한편, 날씨가 건조하고 추웠기 때문에 공증인 르 퐁사르는 그의 무기력에 덧붙여서, 남자의 신경을 예민하게 하고, 남자가 거의 무방비 상태로 사냥 중의 여자에게 넘어가게 하는, 질식할 만한 더위나 더우면서 습한 기후의 영향 탓이라고도 말할 수 없었다. 모든 것을 고려해볼 때, 그런 뜻밖의 사건은 이해 불가능한 것으로 남아 있었다.

마차를 타고 가는 도중에 그는 자신이 우스꽝스럽고, 그 바보 같은 만남은 돈을 많이 뜯길 것이며 실망만을 남길 것이라고 혼잣말했다. 그래도 그는 밤에 늦게 돌아다니는 사람들이 겪게 되는, 어떤 심리 분석으로도 설명할 수 없는 그런 이상한 마법에 걸려서, 자신이 무의식으로 따라가는 그 창녀를 떠날 힘이 없었다.

'사람들이 나를 보면 방탕한 늙은이라고 생각하겠지!'라고 스스로 되풀이해 말하면서, 그는 마차꾼에게 돈을 지불하고 그녀가 자신의 집 문의 벨을 누르는 동안 '자, 곤란한 일이 시작된다. 그녀는 내가 어둠 속 계단 위에서 머리를 부딪히지 않도록 나의 손을 잡고 있겠다고 나에게 제의할 거야. 그리고 방에 들어가자마자 동냥이 시작될 거야! 맙소사! 나는 얼마나 바보인지 몰라!'라고 중얼거리면서 그는 스스로 괴로워했다. 그래도 그는 올라갔고 모든 것이 그가 예측한 대로 이루어졌다.

그렇지만 그는 앞서 느꼈던 비애감에 대한 약간의 보상을 느꼈다. 집은 화려하게 장식되어 있었는데, 그런 장식이 저속한 취향을 나타낸다는 것을 그는 알아채지 못했다. 인조 수단으로 된 휘장이 쳐진 벽난로, 백합 장식이 달린 장작 받침쇠, 추시계, 열기 때문에 휘어진, 분홍색 초가 달린, 오래되지 않은 구리로 만든 등잔 받침들, 코바늘로 뜬 성긴 레이스 장식보로 덮인 긴 의자들, 측백나무와 자단으로 된 가구들, 침실에 세워진 침대, 작센 지방의 모조 자기 인형들, 시장에서 파는 유리 제품들, 그레뱅의 작은 조각들이 장식된 까치발이 달린 테이블들이 그에게는 욕망을 부추기는 우아함과 나른한 편안함을 드러내는 것 같아 보였다. 여자가 모자를 벗고 있는 동안 그는 고장 난 시계를 신이 나서 쳐다보았다.

그녀는 그쪽으로 몸을 돌리고 사업에 대해 말했다.

공증인은 몸을 떨면서 금화들을 하나씩 내놓았는데, 실무에 정통한 그녀는 은밀하고 저항할 수 없는 유혹적인 교태를 부리면서 그것들을 그로부터 태연히 뺏어갔다. 늦은 밤에 창녀 집에 앉아 있는 노인의 약한 마음을 탓하기보다는, 탄탄하고 따뜻하다고 그가 생각하는 여자의 상반신을 보면서, 통통한 장딴지와 탄력 있는 넓적다리 위에서 촛불의 미광에 탁탁 소리를 내는 것 같아 보이는 붉은 비단 스타킹을 바라보는 것으로 위안을 삼았다.

그의 돈주머니에서 거두는 수확을 서두르기 위해, 여자는 그의 무릎 위에 앉았다.

"제가 무겁죠, 그렇죠?"

그의 다리가 굽어졌지만 그는 예의바르게 반대로 대답했다. 게다가 그는 명랑해지기 위해서, 그 무거움은 그가 호시탐탐 노려왔던 단단하고 풍만한 여자의 몸매를 의미하는 것이라고 스스로 납득하고자 애썼다. 그러나 그가 그녀를 잠시 후에, 편안히 마음대로 만져볼 수 있다는 기대보다도, 빼앗긴 돈의 계산, 이성적으로 생각해볼 때 자신은 멍청하고 그런 바보스러운 짓에서 벗어나는 것이 이해가 안 될 정도로 불가능하다는 생각에 사로잡히자 결국 그는 차갑게 얼어붙었다.

게다가 여자는 탐욕스러워졌다. 최상의 애무에 대한 보장이 불확실함에도 불구하고, 그녀는 또다시 그가 이미 양도한 금화들에 하나 더 보탤 것을 주장했다. 어리석은 그녀의 말들과 "나의 큰아기" "여보" "나의 귀여운 남자"라는 칭호들의 우스꽝스러움은 몸이 굳어버린 늙은이를 완전히 아연실색하게 했다. 그의 명철한 이성은 그녀가 돈을 요구할 때 동시에 따라오는 "자, 내 말대로 해봐요, 그러면 나는 말을 잘 들을 거구요, 그러면 당신은 만족할 거예요"라는 약속의 진실성을 의심했다.

그녀가 선전하는 곧 닥쳐올 쾌락이 신통치 않을 것임을 확신한 그는, 참다 못해서, 돈을 다 빼앗기고 서둘러 도망칠 수 있게 되기를 열렬하게 바랐다.

그런 욕망 때문에 그는 저항을 하지 못하고 완전히 빈털터리가 되었다.

그러자 그녀는 그에게 외투를 벗고 편안히 있을 것을 권유했다. 그녀도 구김이 갈 수 있는 옷들을 벗었다. 그는 다가갔다. 그러나 오호 통재라! 그를 다소간 슬픔에서 벗어나게 했던 그녀의 비만은 꾸며낸 것이었고 다만 물크러진 것이었다! 그가 좋아하는 것들은 관심 없는 척하면서 그의 머리를 떠밀고, "아니, 놔줘요. 당신은 나를 피곤하게 해요"라고 투덜거리던 그녀는, 여자가 침대에서 할 수 있는 가장 성의 없는 태도를 취했다. 그래서 그의 실망감은 더욱 가중되었다. 그리고 그에게 경멸과 냉담함이 섞인 토라진 표정을 지으면서 말했다. "그가 그런 것을 해줄 여자로 그녀를 생각했다면 그는 착각한 거야."

그는 문을 나서면서 안도의 한숨을 쉬었다. 아! 그는 정말로 톡톡히 바가지를 썼다! 그리고 그 장면의 상세한 사실들이 떠오를 때마다 역정이 나서 얼굴을 붉혔다.

그리고 그토록 재수 없이 빼앗긴 돈을 생각하니 숨이 막혔다. 그 금액으로 그가 구입할 수 있는 유용한 물건들을 하나둘 머리에 떠올렸다.

'좋아하거나 편리한 물건을 구입하는 것을 자제하면서 아낀 돈을, 무익하고 어리석은 일에 주저 없이 써버리다니'라고 한탄하면서, 그는 바가지를 쓴 사람들이 하는 그런 무모한 생각에 몰두했다.

"아! 너…… 너는 순순히 꺼지는 것이 나을 거야." 그는 결론을 짓듯이 손자의 정부를 생각하면서, 똑같은 질책의 말을 두 여인에게 혼동하여 말했다.

그렇지만 그는 미소지었다. 왜냐하면 그는 소피 무보를 짓누르고 탈없이 처리하여, 그의 무절제한 성욕 때문에 당한 낭패를 만회하리라고 확신했기 때문이다. 집주인은 자기 집을 당장 다시 소유한다는 사실에 기뻐했다. 게다가 한 가정의 가장으로서 방탕한 생활의 위험들과 작금의 깊은 타락상에 대해서 전에도 갖고 있던 자신의 몇 가지 생각들을 이야기했다. 공증인이 하는 일을 전적으로 도울 자세가 되어 있음을 나타내며, 문지기는 공손히 몸을 굽히고 있었다. 그동안 공증인 르 퐁사르는 가구들을 옮기도록 놔두고, 필요하다면 그 여자를 쫓아내는 데 도움을 주고 열쇠를 간직해달라고 명령했다. 손에 100수짜리 동전 두 개를 쥐어주자 그의 표정은 물론이고, 루터교인처럼 뻣뻣한 그의 자세 역시 부드러워졌다. '33프랑 75상팀 더하기 10프랑은 43프랑 75상팀이야. 내가 사위 랑부아에게 말한, 최대한 50프랑 정도라고 한 그 숫자 그대로 됐어'하고 공증인은 생각했다.

그는 모든 경계심을 발휘했다. 이삿짐을 옮기는 사람들은 정확히 정오에 문 앞에 도착하여, 내려놓은 가구들을 바퀴 없는 마차 위에 직접 실어 기차로 보상에까지 보낼 예정이 었다.

단 하나의 문제가 여전히 미해결로 남아 있었다. 그것은 소피가 공증인 르 퐁사르에게는 매우 교활해 보였다는 것이 다. 그녀가 가능한 한 계속 유지했던 그 침묵, 쉬지 않고 흘 리던 눈물은 공증인을 당황하게 했다. 그는 그 여자가 느끼 는 깊은 혼란과 답답할 정도의 멍청함을 교활함의 산물이라 고 생각했다. 그렇게 눈물에 젖어 무기력하게 있는 모습 속 에는 함정이 있다고 그는 절대적으로 믿었다. 그리고 그녀가 보상에 와서 추문을 일으키지나 않을까 하는 두려움이 그를 떠나지 않았다. 많은 생각 끝에 그는 오래된 친구인 경찰서 장에게 도움을 청하기로 결심했다. 그 친구 덕택으로, 그 친 구의 동료인 제6구의 경찰서장과 만나서, 그 여자가 얌전히 있는 데 동의하지 않으면, 그녀에게 형벌을 가하겠다고 위협 을 하도록 조치를 취해놓았다.

"자, 시작한 조촐한 파티를 끝마치고, 그 천한 하녀를 감 언이설로 속일 때가 되었다." 공증인 르 퐁사르는 시계를 보 면서 혼잣말했다. 저녁에 기차를 타고 마침내 편안한 집으로 돌아갈 수 있다는 생각으로 스스로를 위안하면서 불안감을 달래며 그는 푸르 거리로 향했다.

문지기는 그를 보자마자 발에 거의 입을 맞출 정도로 몸을

깊숙이 숙였다. 공증인 르 퐁사르는 계단을 올라가서 복도에
서 걸음을 멈추고, 당연히, 의도하지는 않았지만, 전날, 문을
예의바르게 살짝 두드렸던 것과는 달리 짧고도 위압적인 노
크를 했다.

그는 방 안에서 소피 뒤의 뚱뚱한 부인을 보고 놀랐다.

그 부인은 일어나서 인사를 하고 다시 앉았다. '저것이 도
대체 무엇인고?' 몸이 터져나갈 정도로 꽉 조인 군청색의 끔
찍스런 원피스를 입고 있는, 삼중 턱이 버터처럼 옷의 위쪽
에 내려앉은 뚱뚱한 여자를 쳐다보며 그는 생각했다.

새빨간 귓불에 매달린 분홍 산호들과 대양같이 넓은 가슴
이 높아졌다 낮아짐에 따라 꿈틀거리는 작은 십자가 목걸이
를 본 그는, 늙은 여자는 축제 때나 입는 옷을 걸친 상스러운
여자라고 생각했다.

매우 경멸하면서 그는 눈을 돌려 젊은 처녀를 쳐다보았다.
그리고 그는 눈살을 찌푸렸다. 그녀 또한 옷을 잘 차려 입고
있었다. 쥘이 준 온갖 보석들을 하고 있었고, 가슴선은 웃옷
밖으로 잘 드러났으며 캐시미어 치마는 엉덩이 선을 잘 나타
냈다. 그렇게 야하게 치장한 그녀는 매력적이었다. 그녀에게
는 불행하게도, 전날이었다면 아마도 그 늙은이의 마음을 약
하게 했을 그런 아름다움과 옷은 그에게 저주스러운 전날 밤
의 기억을 환기시켜서 그를 더욱 화나게 했다. 거기에 불운이
가세했다. 소피의 엉망인 옷차림이 첫 방문 때는 그를 성가시

게 했지만 오늘은 오히려 그것만이 그를 부드럽게 할 수 있는 유일한 것이었다.

처음에는 이마 위에 뒤엉킨 그녀의 머리가 그로 하여금 거친 행동을 하게 했듯이, 오늘은 조심스럽게 빗은 그녀의 머리 모양 역시 그를 잔인하게 만들었다.

그는 냉혹한 목소리로 영수증에 사인하기로 결심했는지 그녀에게 물어보았다.

"하느님 맙소사! 신사 양반," 뚱뚱한 부인이 끼어들며 말했다. "저는 당신의 선한 마음에 호소하여 말씀드리겠습니다. 당신도 보시다시피 이 불쌍한 아이는 이런 일이 벌어져서 무척 놀란 상태예요…… 그녀는 어찌할 바를 모릅니다…… 저는 당신이 그녀를 이렇게 곤란한 상태로 놔두지는 않을 것이라고 그녀를 안심시켰습니다. 저는 이렇게 말해주었죠. 소피, 퐁사르 씨는 교육을 받은 사람이야. 법을 다루는 그런 사람들과 상대할 때는 아무런 걱정을 할 필요가 없어. 그렇지? 내가 너에게 그런 말을 한 것이 사실이지?"

"죄송합니다, 부인." 공증인이 말했다. "그러나 제가 지금 누구와 말하고 있는지 알고 싶군요."

뚱뚱한 여자는 일어나서 인사를 했다.

"저는 샹파뉴 부인입니다. 4번지의 문방구점을 경영하는 사람입니다. 저의 남편, 샹파뉴 씨는……"

공증인 르 퐁사르는 손짓과 지극히 냉담한 어조로 그녀의 말을 막았다.

"당신은 아마도 아가씨의 친척인가 봅니다."

"아닙니다, 신사 양반. 그러나 별반 마찬가지입니다. 저는 말하자면, 엄마라 할 수 있습니다."

"그러면, 부인, 말씀드리기 죄송하지만, 당신은 우리 문제에 나설 필요가 없는 사람입니다. 그러므로 제가 볼일이 있는 사람은 아가씨 혼자뿐입니다." 그는 시계를 꺼냈다. "5분 후 이삿짐 옮기는 사람들이 이곳에 올 겁니다. 그리고 나는 당신에게 미리 경고하겠는데, 열쇠를 주머니에 넣은 후에 이 집에서 나갈 겁니다. 따라서, 아가씨, 당신의 물건들을 상자에 챙겨 넣고, 내가 한 제안들을 당신이 받아들일 것인지 아닌지를 확실히 나에게 말해달라고 요구하는 바입니다."

"오! 신사 양반! 도대체 이런 일이 있을 수 있습니까?" 샹파뉴 부인이 겁에 질려 탄식했다.

공증인 르 퐁사르가 주석 같은 눈빛으로 그녀를 쏘아보자 그녀는 약간의 자신감마저 상실했다. 게다가 평소에는 매우 수다스럽고 대담한 그녀였지만 오늘 아침에는 능력과 대담함을 상실해버린 것 같았다.

그리고 실제로 가난한 사람들에게, 특히 힘겨운 순간에 엎친 데 덮친다고 흔히 생각되는 그런 돌이킬 수 없는 불행들 중 하나가 해가 뜨자마자 그녀에게 닥쳤다.

샹파뉴 부인은 윗니 두 개가 가짜였는데 매일 저녁 그것을 빼서 물이 담긴 유리컵에 넣어두었다. 그날 아침 부주의하게도 그녀는 그 가짜 이를 물 컵에서 꺼내는 것을 잊어버리고, 그것을 대리석으로 된 그녀의 침대 머리맡 탁자에 두었다. 그러자 티티가 뼈다귀라고 생각하고 그것을 덥석 물었다.

문방구점 여주인은 틀니의 경화고무, 가짜 상아와 부착 부위를 개가 와작와작 씹는 것을 보고 거의 실신에 이르렀었다. 그 순간부터 그녀는 이가 빠진 부분이 보이진 않을까 걱정하며 입술을 꼭 다물었고 옆으로 침을 조금씩 뱉으면서 말했다. 그리고 이가 빠진 구멍을 채울 돈이 없다는 생각에 망연자실했다. 그런 걱정에 정신을 빼앗긴 데다 잇몸의 빈 구멍이 공증인에게 보일 것에 대한 두려움이 보태져 그녀의 능력은 마비되었고, 결국 그녀는 거의 바보 같아졌다.

그녀가 단 한순간도 친절한 대접, 다정한 대화, 상호간의 예의에 넘친 태도를 의심하지 않았기 때문에 그 늙은이의 냉혹함, 그의 강압적인 어조, 치장에 신경 쓰느라 돈을 썼음에도 불구하고 그녀를 대할 때 드러나는 그의 경멸은 그녀를 더욱 얼어붙게 했다.

"당신, 내 말 알아들었지요, 그렇죠?" 공증인 르 퐁사르는 당황한 소피에게 말했다.

그녀는 오열했다. 샹파뉴 부인은 대경실색하여, 자기 입에 대해 잊어버리고 젊은 처녀에게 달려가 그녀를 껴안고 눈물을 흘리면서 위로했다.

그런 감정의 폭발은 공증인을 긴장시켰다. 그러나 이내 그는 승리의 미소를 지었다. 이삿짐꾼들의 발소리가 밖의 계단들을 뒤흔들었다. 탁탁 주먹으로 문을 치는 소리가 북소리처럼 들렸다.

공증인은 문을 열었다. 이미 술에 취한 이삿짐꾼들이 방을 메웠다.

"어머나," 한 사람이 말했다. "부인이 기절했네."

"그렇군, 사실이야. 저 여자가 애를 뱄는지 모르겠어." 다른 사람이 그녀의 배를 쳐다보면서 말했다. 그리고 그는 즐거운 표정으로 의자 위에 쓰러져 있는 소피를 안으러 앞으로 나왔다.

샹파뉴 부인이 몸짓으로 그 포악한 사람들을 밀쳐냈다.

"물! 물!" 질겁한 그녀는 몸을 돌리며 소리쳤다.

"개의치 말고 서둘러 옮기시오." 공증인 르 퐁사르는 이삿짐꾼들에게 말했다. "내가 아가씨를 맡지. 연극은 그만 해요. 알았죠?" 그는 화가 나 걸으면서 문방구점 여주인에게 말하고 그녀의 팔을 신경질적으로 건드렸다. "자, 그녀의 물건은 따로 분류하세요, 빨리. 그렇지 않으면 나는 더 이상 지체하지 않고 되는대로 모두 다 보내버릴 테니까."

그리고 옷걸이에 걸려 있는 치마와 숄 들을 직접 걷어서 구석에 던졌다. 그동안 샹파뉴 부인은 울면서 젊은 처녀의 이마를 문질렀다.

그녀가 정신을 차리는 동안 짐꾼들이 가구들을 옮기고, 그
것들을 아래로 내리는 것을 공증인이 세심하게 감시하고 있
었다. 그러자 샹파뉴 부인은 게임에 진 것을 깨닫고 마지막
카드를 시도했다.

"신사 양반," 그녀는 층계참에 있는 공증인 르 퐁사르에게
가서 말했다. "한 마디만 드릴게요."

"좋습니다."

"신사 양반, 당신의 손자를 간호하느라 죽을 정도로 애썼
던 소피에게 당신은 약간의 동정심도 없으시니까," 그녀는
작고도 애원하는 목소리로 말했다. "적어도 당신의 정의심에
호소하도록 허락해주십시오. 당신이 말했듯이, 당신은 소피
를 하녀였다고 생각하고 싶어하시니까, 그녀가 쥘 선생님 댁
에 있었던 동안에 급료를 하나도 받지 못했음을 상기하시고,
그녀가 일한 달 수만큼의 월급을 주십시오. 그래야 그녀는
산파 집에서 아이를 낳고, 그 아이를 유모에게 맡길 수 있습
니다."

공증인은 구역질이 났다. 그의 비아냥거리는 웃음 때문에
입 주위로 주름이 졌다.

"부인," 그는 격식을 차린 인사를 하며 말했다. "당신의 요
청을 받아줄 수 없어서 실망스럽군요. 아이고, 그것도 매우
단순한 이유 때문입니다. 주인이 돈을 주지 않는 집에 하녀
가 머물러 있었다는 것을 누가 믿겠느냐는 것입니다. 그러므

로, 내가 생각하기로는 아가씨가 계속 일을 했다는 사실 하나만으로, 그녀가 매달 급료를 받았다는 것이 확실히 증명되는 것이지요. 하녀에게 급료 영수증을 받아두지는 않지요. 그러므로 그 영수증들이 없다는 것 때문에 아가씨가 쥘의 재산 상속을 받을 권한이 있다고 결론을 내릴 수는 없는 겁니다. 그래서 마지막으로 되풀이하건대, 왜냐하면 같은 사실을 반복해서 말하는 것에 나는 지쳤으니까요, 부인, 소피 양으로 하여금, 내가 앞에서 말한 규칙과는 어긋나지만, 이 영수증에 사인해서 그녀의 상황을 청산하도록 설득해주십시오. 그 대신 나는 그녀가 받을 권리가 충분히 있다고 생각되는 그 금액을 그녀에게 지불할 것입니다."

"그러나 그것은, 신사 양반, 파렴치하고 비겁한 짓이며, 도둑질이나 마찬가지입니다." 샹파뉴 부인은 제정신이 아닌 채로 소리쳤다.

그런 비난을 무시하고, 공증인 르 퐁사르는 몸을 돌려 그녀에게 등을 보였다.

"그리고 당신들은, 날 좀 맘 편하게 해주시오." 층계참에 선 그는 1리터 술병 하나를 빼돌리려 하고 있는 이삿짐꾼들에게 말했다. 그리고 그는 눈살을 찌푸리며 뒷짐을 진 채 방으로 들어왔다.

그는 은근히 화가 났다. 아무 관계도 없는 일에 문방구점 여주인이 끼어들어서 그의 결심만 더 강해졌을 뿐이었다. 그는 서둘러 일을 끝마치고 전날부터 가증스럽게 느껴지는 파리를 떠나서, 밤차로 될 수 있으면 빨리 집에 돌아가고 싶은 욕망밖에는 없었다. 또 그는 자신이 랑부아 씨에게 최고액으로 산정한 50프랑 한도 내에서 지출하려고 애썼다. 그는 자신이 미리 마음먹은 계획대로 행함으로써, 사업상 그가 얼마나 명확한 사람인지를 한 번 더 보여주고 싶었다. 그런 절약은 또한 지난밤 자신의 낭비에 대한 올바른 보상인 것 같았다. 여자들은, 요컨대, 자기들끼리 서로 협력하라지! 결국 이삿짐꾼들의 탐욕은 그를 격분하게 했다. 사람들이 모두 그의 호주머니를 털려고 혈안이 되어 있다. 아, 그러나 아무도 목표에 도달하지 못할 것이며, 아무것도 얻지 못할 것이다! 그의 머릿속에 쌓여 서로를 견고히 결속시킨 그런 이유들이 샹파뉴 부인의 간청과 분개를 헛된 것으로 만들었다. 그녀는 공증인 르 퐁사르가 방에 다시 들어오자마자 자제심을 모두 잃었다. 이미 결정된 사실마저 더 악화시킬 수 있다는 생각은 추호도 하지 않으며 그를 위협했다.

"그래요, 신사 양반, 그래요." 그녀는 이빨 사이로 휙휙 바람 소리를 내며 말했다. "내가 걸어서 가야 할 때가 되면 내 스스로 당신네 고장에 갈 겁니다. 그래서 나는 모든 것을 다 뒤엎어버릴 거예요. 내 말 잘 들으세요! 나는 당신에게 아기를 데려다줄 거예요. 나는 어떤 일이 있었는지 사방에 떠들어댈 거예요. 나는 당신이 그 아기가 세상에 나오는 데 도움

을 주려는 일말의 따스한 마음조차 없었다는 것을 말할 거예
요……”

“그만하시오,” 손지갑을 열면서 공증인이 말을 막았다.
“그런 일을 예상했소. 여기에 아가씨 앞으로 작성된 경찰서
장의 소환장이 있소. 한 마디만 더 하면, 나는 이 서류를 사
용할 것이요. 그리고 당신에게 약속하건대, 아가씨가 파리를
떠나 다른 곳으로 가기를 원한다면, 그녀는 아무 일이 없을
거요. 당신으로 말하자면, 친애하는 부인, 당신이 계속 그런
식으로 헛소리를 한다면, 나는 당신도 그 서장에게 소환되도
록 할 수밖에 없소. 그러면 그는 당신이 정신차리도록 할 것
이요. 뿐만 아니라, 보상에 오십시오, 만약 그러고 싶다면.
그러면 나는 당신을 옥에 재빨리 가두어버릴 겁니다……”

“오! 고약한 사람! 얼마나 악독한지 몰라!” 샹파뉴 부인은
겁에 질려, 어두운 감옥, 쥐, 검은 빵과 용변 항아리, 그 모든
신파극에 나오는 무대장식을 그려보았다.

자신의 연극의 효과에 만족하며 공증인 르 퐁사르는 마당
으로 내려왔다. 거기에는 마지막 남은 가구들이 실리는 중이
었다. 그리고 모든 것이 정리되자 그는 문지기에게 그를 따
라오라고 이르고는 5층으로 올라갔다.

“아, 아! 우리는 마침내 해결을 보는군요.” 펜을 잉크통에
담가서 소피에게 내미는 샹파뉴 부인을 보자 그는 말했다.

그리고 두 여자의 떨리는 손이 합쳐져서 종이 아래에 서명

비슷한 것을 하는 동안, 공증인 르 퐁사르는 문지기에게 흩어져 있는 여자의 옷들을 한데 묶으라는 신호를 하고는 직접 그 영수증을 받아서 손에 꽉 쥐었다. 그 영수증에는 소피가 쥘 랑부아 씨 집에서 하녀로 일했으며, 그녀가 급료를 모두 받았기 때문에 어떤 금액도 더 받을 권리가 없다라고 씌어 있었다.

'이것으로 너는 더 이상 우리에게 협박을 할 수 없을 거다.' 그는 혼잣말했다. 그리고 그는 전날부터 동전으로 준비해 둔 금액을 벽난로 위에 놓았다.

"그래서 이제 부인들, 나는 당신들에게 친절을 베풀 수 있습니다. 그리고 당신, 이 상자들을 마당에 갖다 놓으세요……" 그는 문지기에게 말했다.

"아니요, 신사 양반, 아니고말고요. 이런 행동 때문에 당신은 죄값을 치를 겁니다." 머리를 저으면서 샹파뉴 부인은 말했다. 그녀는 실신한 소피를 끌어안았다. "너, 물건 모두 챙겼니?" 그리고 그녀는 젊은 처녀가 직접 채운 바구니의 뚜껑을 들어올렸다.

정신을 차린 소피가 고개를 끄덕였다. 그녀들은 천천히 계단을 내려갔다.

"아휴! 얼마나 걱정했는지!" 공증인 르 퐁사르는 혼자 방에 남아 탄성을 올렸다. 그는 예의상 그 여자들을 불편하게 하지 않으려고 자제했던 시가에 불을 당겼다. 그리고 아무것도 남아 있지 않은 벽들을 무심코 보았다. 그리고 습관적인 청결함으로 바닥에 떨어진 헌옷들과 종이들을 반장화 끝으로 벽난로 속에 밀어넣었다. 그런데 넷으로 접힌 쪽지가 그의 주의를 끌었다. 그는 그것을 주워, 쭉 읽어내려갔다. 그것은 약 처방전이었다. 라우로세라스 증류수와 마전자 액. 그는 잠시 생각에 잠겼다. 그도 결혼했고 아버지였기 때문에 그 물약이 임신에 의한 입덧을 위한 것임을 막연히 기억해냈다.

그는 혼잣말했다. "맙소사! 처녀는 이 처방전이 필요해!" 그는 마당으로 나 있는 창문을 열고 계단을 내려간 두 여자가 나타나기를 기다렸다가 기침을 크게 했다. 그녀들이 고개를 들자, 그는 그 작은 종잇조각을 던졌는데, 그것은 바람에 파닥파닥 날려 그녀들의 발 아래로 떨어졌다.

"나는 비난받을 짓은 하나도 하고 싶지 않아." 그는 시가를 빨면서 결론지었다. 그는 집을 마지막으로 둘러보고 하나도 남은 물건이 없음을 확인하고는 조심스럽게 문을 닫았다. 열쇠를 문지기에게 돌려주고 마침내 그도 출발했다.

6

공증인 르 퐁사르가 보상에 돌아온 지 일주일 뒤, 랑부아 씨는 불안한 모습으로 추시계를 주시하며 거실을 돌아다녔다.

'마침내!' 그는 벨소리를 듣고 혼잣말했다. 그가 현관으로 서둘러 갔을 때, 거기에 공증인이 그 어느 때보다도 침착한 모습으로 사슴머리 옷걸이에 자신의 양복 저고리를 걸고 있었다.

"아, 이봐, 도대체 무슨 일인가?" 그는 카드놀이 판이 준비되어 있는 거실로 랑부아 씨를 따라 가면서 말했다.

"파리에서 온, 그 여자에 관한 편지를 받았습니다!"

"겨우 그거야?" 공증인 르 퐁사르는 젠체하며 입가에 주름살을 만들면서 말했다. "나는 더 심각한 사건이 일어난 줄 알았네."

공증인의 이런 태연함이 분명 랑부아 씨를 마음 놓이게 했다.

"사람들이 오기 전에 편지를 읽어보세." 공증인은 테이블 앞에 마주 보도록 놓인 네 개의 의자를 곁눈질로 쳐다보면서 다시 입을 열었다.

그는 안경을 끼고 카드놀이를 위해 켜둔 촛대 가까이에 앉아서, 물이 많아 매우 묽은 잉크 탓에 여러 곳이 번진, 광택지 위에 서투른 필체로 쓴 글을 해독하고자 애썼다.

신사 양반,

저는 감히 당신의 선한 마음에 호소하는 글을 씁니다. 부디 제가 처한 상황을 알아주시기를 간청하는 바입니다. 퐁사르 씨가 오셔서 가구들을 가지고 가신 이후 소피는 몸을 둘 곳이 없어서, 우리는 그녀를 딸처럼 우리 집에 있도록 했습니다. 그리고 그녀는 그런 대접을 우리에게서 받을 가치가 있었습니다. 비록 퐁사르 씨는 그녀가 생각했던 그녀의 권리를 인정하지 않았지만요. 그러나 누구도 다른 모든 사람에게 금화일 수는 없는 법이고, 모든 사람의 마음에 들 수도 없는 법이지요……

"글도 멋들어지게 쓰는군!" 공증인은 감탄했다. "그러나 불필요한 군소리들은 읽지 말고 본론으로 들어가자고. 아, 여기다!"

소피는 매우 불행한 유산을 했습니다. 그녀는 가게 뒷방에 있었습니다. 거기서 저는 사람들이 드나드는 가게가 항상 청결하도록 자잘한 물건들을 준비하고 있었지요. 그때 그녀의 산통이 시작됐습니다. 도리아트 부인은……

"도리아트 부인이 누구십니까?" 랑부아 씨가 물었다.
공증인은 그 여자의 이름조차 알지 못한다는 표시를 하고는 계속 편지를 읽어내려갔다.

도리아트 부인은 처음에는 유산이 있으리라고 생각하지 않았습니다. 그녀는 퐁사르 씨에게 쫓겨나 소피가 무척 놀랐다고 생각해서 약초 판매인에게 가서 딱총나무를 샀고, 그것을 끓여서 소피에게 그 연기를 맡도록 했습니다. 그러면 그녀 머릿속에 고인 물이 빠져나가리라고 생각했지요. 그러나 소피는 배가 아팠습니다. 그녀는 너무나 고통스러워 숨이 막힐 정도로 고함을 질렀죠. 저는 무서웠습니다. 그래서 저는 카네트 거리의 산파에게 달려가서 그녀를 데리고 왔습니다. 그녀는 유산이라고 말했습니다. 그녀는 소피가 넘어졌거나 아니면 압생트나 쓴 쑥물을 마셨는지 물어봤습니다. 저는 아니라고 말했고, 대신 그녀가 심각한 마음의 고통을 겪었다고 대답했습니다……

"본론으로 가십시오! 그 너절한 이야기들은 지나가시죠," 랑부아 씨가 참을성 없이 말했다. "우리는 친구들이 오기 전에 편지를 다 읽지 못할 겁니다. 그리고 그들이 그런 바보 같은 일을 알 필요가 없잖습니까."
공증인 르 퐁사르는 한 페이지를 건너뛰어 읽었다.

그녀는 죽었습니다, 그렇게 말이에요. 그리고 아기도 마찬가지였어요. 제 십자가 목걸이와 귀걸이를 저당 잡혀서 약값을 내고 산파에게 돈을 지불하였기 때문에 저는 더 이상 돈이 없습니다. 도리아트 부인도 마찬가지입니다. 왜냐하면 그녀는 언제나 돈이 없으니까요.

그래서, 두 무릎을 꿇고, 나의 마음씨 좋은 신사 양반, 저를 저버리지 마시길 간청합니다. 그녀가 마치 불쌍한 개처럼 공동 무덤에 던져지지 않도록 해주십시오. 그녀를 무척이나 사랑했던 쥘 선생님은 그녀가 그렇게 됐다는 사실을 알게 된다면 눈물을 흘릴 겁니다. 제발 부탁드립니다. 그녀의 장례를 치를 돈을 저에게 보내주십시오.

"당신의 관대함을 기대하면서…… 마음씨 좋은, 또 기타 등등," 공증인이 말했다. "그리고 과부 상파뉴라고 서명을 했네."

랑부아 씨와 공증인 르 퐁사르는 서로 바라보았다. 공증인은 한 마디도 하지 않고 다만 어깨를 으쓱했다. 그는 벽난로 가까이 가서 불을 더 크게 지피고는 상파뉴 부인의 편지를 부젓가락 끝에 두고, 편안하게 그것이 불타는 것을 지켜보았다.

"이젠 완전히 정리됐군." 그는 몸을 다시 일으키고 부젓가락을 제자리에 두면서 말했다.

"그녀는 우표를 붙이느라고 쓸데없이 3수만 낭비했군요." 장인의 태연함에 자신도 매우 안심이 된 랑부아 씨가 말했다.

"결국," 공증인 르 퐁사르는 다시 입을 열었다. "그 죽음은

갈등에 종지부를 찍은 셈이네." 그리고 관대한 어조로 그는 덧붙였다.

"양심적으로 말하자면, 우리는 더 이상 그녀를 원망할 수 없네. 그녀가 우리에게 불러일으킨 그 모든 걱정에도 불구하고 말일세."

"아니지요, 물론. 우리들 중 누구도 죄인의 죽음을 원한 적이 없죠."

그리고 잠시 침묵이 흐른 후 랑부아 씨가 넌지시 말했다. "그렇지만 그녀를 기억하면서 우리가 온정어린 태도를 갖는 것은 아마도 이기심이 섞인 것이라고 고백해야 합니다. 요컨대 우리는 더 이상 그녀를 두려워할 필요가 없지만, 그녀가 살았다면, 또다시 다른 가정의 아들을 마음대로 조종하거나 다른 가정에 불화의 씨를 뿌릴지 그 누가 알겠습니까?"

"오, 분명해!" 르 퐁사르 씨가 대답했다. "그 여자의 죽음은 슬퍼할 일이 아니네. 그러나 이보게, 정직한 사람들에게는 불행하게도, 그런 여자 다음에 또 그런 종류의 여자가 나타난다네. 다른 또 한 명의 타락한 여자가……"

"많은 방탕한 여자들이 제정신을 차리기를!" 랑부아 씨가 덧붙였다. 그리고 그는 그 머리를 슬프게 저으면서 추도사를 끝맺었다.

속악한 세상에 대한 조소와 반항의 글

우리에게 생소한 조리스 칼 위스망스는 19세기 말에 활동한 프랑스 소설가이다. 그는 젊은 시절 산문시도 썼으며 무언극도 하나 완성했다. 그리고 미술평론가로서 여러 가지 글을 남기고 있다.

그가 쓴 소설들은 크게 세 가지 경향으로 나누어진다. 자연주의, 퇴폐주의 내지는 악마주의, 가톨릭 소설이 그것이다. 자연주의 계열 소설에는 『마르트, 한 창녀의 이야기 *Marthe, histoire d'une fille*』 『바타르 자매 *Les Sœurs Vatard*』 『등짐 *Sac au dos*』 『결혼 생활 *En ménage*』 『정박지에서 *En rade*』 『궁지 *Un dilemme*』 『부그랑 씨의 퇴직 *La Retraite de Monsieur Bougran*』이 있다. 이 작품들은 그가 졸라와 뜻을 같이할 때에 주로 쓴 것들로서 졸라가 사람들의 질투와 오해, 공격과 비방을 견뎌야 할 때 용감히 나서서 졸라를 옹호하고 그를 위해 글을 쓰고, 졸라와 같은 미학을 공유한 소설들을 발표했다. 그러나 사람들의 많은 찬사와 사랑을 받은 『거꾸로 *À rebours*』를 정점으로 하여 그는 졸라와 다른 길을 걷게 된다.

『거꾸로』이후에 자연주의 계열로 분류되는 소설을 쓰기도 하지만, 그는 이미 자연주의 소설과는 다른 길을 찾아 떠난 후였다. 오스카 와일드도 그의 소설 속에 한 페이지나 할애해서 설명했을 정도로 센세이션을 일으킨 『거꾸로』이후에 발표한 『정박지에서』『궁지』『부그랑 씨의 퇴직』은 단지 뒤돌아보는 주저의 몸짓일 뿐이었다. 그가 자연주의의 굴레에서 벗어나 새롭게 다가간 곳은 악마 숭배의 미사였다. 악마주의 소설로 불리는 『저 아래 *Là-bas*』가 그것이다.

그후 그가 깊이 느끼는 삶의 고통을 치유해줄 가톨릭을 접하게 된다. 그가 개종을 선언했을 때 사람들은 그의 개종의 진실성을 의심했다. 그런 의혹의 눈길은 그가 죽을 때까지 계속되었으며, 그로 인해서 위스망스는 많은 고통을 겪었다. 개종 후의 작가는 우리가 '가톨릭 문학'이라고 분류할 수 있는 소설들을 쓰게 된다. 3부작으로 불릴 만큼 연속된 이야기 구조를 취하고 있는 『출발 *En route*』『대성당 *La Cathédrale*』

『속세를 떠난 자 *L'Oblat*』는 작가 말년의 내면이 투영된 소설들이다.

자전성은 위스망스 작품의 큰 특징이다. 그는 자신의 분신을 작품 속에 투입한다. 그의 분신들은 인간의 삶과 사회에 조소와 야유를 퍼붓는다. 그는 자본의 횡포, 돈이 지배하는 사회를 비판하며 또한 두려워한다. 세상은 가증스러움과 불쾌함, 권태만을 양산하는 곳으로 인식될 뿐이다.

인간의 삶 전체가 이야기의 주제로 등장하는 위스망스의 작품 세계는 고통으로 점철되어 있다. 그러면 세상에 대해 위스망스가 취한 태도는 무엇이었나? 그는 그저 비천한 세상에 대해 빈정거리고 조소를 퍼붓다가 결국에는 끝없는 도피의 질을 택했을 뿐이다. 그것이 이 속악한 삶에 대한 위스망스의 반항이다. 『거꾸로』의 주인공 '데 제생트'가 구현하는 퇴폐적인 댄디즘과 『저 아래』에 나오는 악마 숭배와 가톨릭 작품에 등장하는 '뒤르탈'의 종교심도 모두 이런 맥락에서 이해된다.

그의 소설에서 우리가 유감스럽게 생각하는 부분은 그의 여성 혐오와 반유대주의이다. 자연주의 소설 안에서 여성은 그에게 욕망의 대상이지만, 현실 속의 여성은 그에게 실망과 좌절만을 안겨줄 뿐이다. 그의 여성은 천성적으로 바람기가 많고 본질적으로 멍청한 존재이다. 경제적으로 남성에게 전적으로 의지하는 것 또한 여성의 타고난 본성으로 파악하며 몹시 분개한다.

이처럼 위스망스의 여성에 대한 편향된 이해는 자신이 혐오하던 시대의 편견들에 사로잡힌 결과이다. 여성을 독자적인 인간으로 바로 서게 할 수 있는 교육이 전무했던 시대 상황과 여성을 경제적 무능력자로 묶어두었던 당시의 사회구조를 그는 바로 보지 못했다.

가톨릭 작품에서는 작가의 분신인 남자 주인공의 신성한 삶, 말하자면 신앙심 깊은 가톨릭 신자로 살고자 하는 데에 여성은 걸림돌로 작용한다. 여성은 다만 그를 육체적 욕망으로 인도하는 악의 존재로 등장할 뿐이다.

그 가운데 정말로 유감스러운 것은 반유대주의다. 그의 심각한 반유대주의는, 평생 공무원으로 내무부에서 일하면서 그가 겪은 유대인 상사들과의 불화와 더불어, 19세기 말, 20세기 초에 유럽에서 횡행했던 대단히 위험한 반유대주의 물결의 소산으로 보인다. 그의 여성 혐오와 더불어 이런 반유대주의는 자신이 증오한 시대를 탈피하지 못한 그의 작가적 한계를 드러낸다.

자신이 살던 시대, 사회, 동시대인에게 신랄한 독설을 퍼

부어대는 위스망스는 약자, 사회에 희생된 자들에 대한 깊은 이해와 동정심도 잊지 않는다. 그는 가난한 사람들과 불쌍한 여인들 — 특히 빈민 계급의 여인들과 매춘부들 — 을 향한 연민을 소설 속에 절절히 표현한다. 이들에 대한 그의 연민의 언어는 작품의 가치를 한층 더 높이고 있다.

삶의 고통을 표현하는 결코 밝다고 할 수 없는 그의 작품 속에서 무엇보다도 절망적인 것은, 결코 양보하지 않는 완전성에 대한 지칠 줄 모르는 추구다. 인간은 불완전하게 태어났음에도 불구하고 완전성을 추구하도록 만들어진 탓에 그에 수반되는 실망과 좌절, 두려움 역시 비례하여 커지는 것이다.

소설을 통해 위스망스가 표현한 낙담과 좌절은 우리들이 느끼는 바로 그것일 수 있다. 그렇다면 글쓰기가 그에게 큰 위안이 되었던 것처럼 그의 글을 읽는 것은 분명 소설가 위스망스가 우리들에게 베푼 또 하나의 위안이라고 말할 수 있다.

우리가 이 책에서 만나는 세 단편소설은 물론 이런 위스망스의 세계 안에서 읽혀지는 작품들이다.

『등짐』은 1870년에 일어난 프로이센과의 전쟁에 징집된 위스망스가 전선으로 끌려나갔다가 병을 얻고 후방 병원에 이송되었을 때의 일을 기록한 자전적 소설이다. 처음에 벨기에의 한 주간지에 실렸던 이 작품은 후일, 졸라를 옹호하는 다섯 명의 자연주의 소설가들이 그들을 다정하게 맞이해준 졸라 부인에 대한 고마움을 표시하기 위해 써서 바친 단편소설 모음집인 『메당의 야회 *Les Soirées de Médan*』에 개작하여 실었다. 『등짐』은 이렇게 1878년과 1880년 판의 두 개의 다소 다른 소설이 있는 셈이다. 여기에 소개하는 작품은 『메당의 야회』에 실린 1880년 판을 번역한 것이다.

이 소설은 애국심이 부재한 작품이라고 많은 비난을 받았지만, 위스망스는 이 글을 통해서 그 당시 많은 지식인들이 비판하고 조롱했던 나폴레옹 3세 치하의 프랑스와 본인의 공명심을 위해 나폴레옹 3세가 일으킨 '어처구니없는' 전쟁에 대한 신랄한 비판을 가한다.

이 글 속에는 젊은 위스망스의 모습이 잘 투영돼 있다. 그런 작가의 젊은 시절의 모습이 시간이 흐름에 따라 점점 더 어두워지고, 삶에 대해 더욱더 비관적으로 변해가는 것을 우리는 이 작품 이후에 쓰어진 소설들을 따라가면서 확인할 수 있다.

『궁지』는 작가의 분신의 모습이 뚜렷이 드러나지 않는 소설로, 작가 스스로 "부르주아 계급의 참을 수 없는 탐욕의 추악함을 드러내기 위해 쓴 소설"이라고 말했을 정도로 19세기 말 프랑스 사회에 팽배해 있던 금권 지배 현상을 통렬히 비판하고 있다. 부르주아들은 혈통의 지배를 종결짓고, 그들이 가진 돈이 사회의 지배자로 군림하는 세상에서 득세한다. 『궁지』는 사회를 제로섬 지대로 규정하고, 자신의 배를 더욱 채우기 위해서 힘없고 가난한 자들을 착취하는 파렴치한 부르주아의 실상이 너무도 잘 드러난 작품이다. 그러나 자칫 어둡게만 비쳐질 수 있었던 소설에 위스망스는 특유의 블랙 유머로 재미를 더하고 있고, 물질 숭배에 빠져 인간적인 가치를 하찮게 여기는 사회를 묘사하는 중에도 마치 따사로운 햇살과도 같이 굳건히 살아 있는 양심을 가진 인물을 등장시키는 것도 잊지 않고 있다.

『부그랑 씨의 퇴직』은 『거꾸로』를 읽고 많은 감동을 받은 영국의 한 잡지사 사장의 요청으로 쓰게 된 글이다. 『거꾸로』와 같은 작품을 기대했던 사장은 이 작품을 읽고 실망했다. 작품을 되돌려 받은 위스망스는 오랫동안 그것을 책상 서랍 속에 넣어두었는데, 죽음을 앞두고 그 원고를 불태우라고 비서에게 명했으나, 이를 따르지 않은 비서의 현명한 행동 덕분으로 우리에게 남겨진 작품이다. 자신의 일을 묵묵히

성실하게 해나가던 성실한 공무원이 갑자기 해고를 당하게 되어 겪는 심리적 방황을 다룬 이 소설은 매우 현대적인 의미로 재읽기를 할 수 있는 작품이다.

이 소설 속에서도 물질만능의 사회가 얼마나 인간들을 오염시키고 그들의 삶을 해체시키는지를 알 수 있다. 돈이 지배하는 사회에서, 돈은 단지 일부 탐욕스럽고 파렴치한 부르주아들을 황폐화시키는 데 그치지 않고, 하층민들까지 그것의 노예로 만들어버리고 결국 삶의 중요한 본질을 잊고 살아가는 추악한 존재들로 전락시킨다.

마지막으로 그의 글 속에 보이는 끝없는 비판 정신을 찬양한다. 그리고 그러한 비판이 허용되는 사회가 부럽다. 위스망스의 글들이 21세기를 사는 우리들에게 소중한 것을 일깨워주는 계기가 되기를 바란다.

작가 연보

1848년   2월 5일 파리에서 태어났다. 아버지는 네덜란드 화가 집안 태생으로 성당에서 그림 그리는 일을 했다. 어머니는 파리의 하위 공무원 집안 출신이다.

1856년   아버지의 사망으로 어머니는 상점 점원으로 취직하고 어린 위스망스는 파리의 한 기숙학교에 입학한다.

1857년   어머니의 재혼으로 두 명의 이복 여동생을 갖게 된다.

1862년   오르튀스 학교의 기숙사생으로 지내면서 르 그랑 고등학교의 수업을 듣는다.

1864년 열여섯 살에 본누벨 거리의 창녀와 첫 경험을 한다.

1865년 학교 수업을 거부한다. 개인 수업을 받으면서 대학
입학자격시험 준비를 한다.

1866년 대학입학자격시험의 첫 관문을 통과한다.
내무부에서 공무원으로 일하기 시작한다.(그의 외
삼촌, 외할아버지, 외증조할아버지도 내무부에서 일
했다.)
법학 대학과 문학 대학에 입학한다.

1867년 양아버지의 사망 후 어머니 혼자 양아버지가 운영
하던 공장을 맡게 된다.
한동안 보비노 극장의 연극배우와 동거한다.
『월간지 *Revue mensuelle*』에 글을 쓴다.

1870년 3월에 입대했다가 이질에 걸려 병원으로 후송된 뒤
얼마 후에 파리로 돌아온다.
병무부로 전속되어 파리코뮌 기간 동안 베르사유까
지 가서 일한다.

1871년 베르사유에서 공무원으로 일하면서 여름에 파리로

이사한다. '배고픔 La Faim'이라는 제목으로 프로
이센이 파리를 점령한 당시의 이야기를 소설로 쓰
고자 했으나 시도에 그친다.

1872년   안나 뫼니에 Anna Meunier와 짧고 미래가 없는 관
계를 갖게 된다.

1874년   네덜란드 선조에 대한 경의의 표시로 조르주 샤를
Georges-Charles이란 이름을 조리스 칼 Joris-Karl로
바꾼다.
『당과 그릇 *Drageoir à épices*』을 출판한다.

1875년   『당과 그릇』을 다른 출판사로 옮겨 'Le Drageoir
aux épices'라는 제목으로 재출간한다.
자신의 군대 경험을 담은 『등짐』(처음에 생각한
제목은 『출발의 찬가 *Le Chant du départ*』)을 완성
한다.

1876년   어머니가 사망한다.
병무부에서 내무부로 옮긴다.
1867년에서 1870년까지 계속된 보비노 극장의 여배
우와의 관계를 바탕으로 쓴 『마르트, 한 창녀의 이

야기*Marthe, histoire d'une fille*』를 발표한다.

프랑스의 검열 제도를 피하고, 에드몽 드 공쿠르 Edmond de Goncourt보다 먼저 창녀에 대한 소설을 출판하기 위해서 벨기에로 간다. 그곳에서 출판된 책들은 프랑스 국경을 통과하는 과정에서 "풍속을 교란시킨다"는 명목하에 관세청에 의해서 거의 모두 압수된다.

『마르트, 한 창녀의 이야기』를 공쿠르에게 보내지만 차가운 반응을 얻는다.

졸라와 교류를 시작한다. 졸라는 그의 작품을 높이 평가하고 자신의 제자들(폴 알렉시스Paul Alexis, 레옹 에니크Léon Hennique, 앙리 세아르Henry Céard, 기 드 모파상Guy de Maupassant)과 합류할 것을 권한다.

1877년　졸라의 『목로주점』을 옹호하는 글을 브뤼셀의 한 잡지에 연재한다.

졸라가 위스망스의 소설 『바타르 자매*Les Sœurs Vatard*』에 관심을 보인다.

안나 뫼니에와 다시 만나기 시작한다.

1878년　『배고픔*La Faim*』에 다시 도전하나 또다시 포기한다.

1879년 『바타르 자매』를 출간한다. 졸라에게 보내는 헌사
가 첨가된 이 책은 출간 이틀 만에 동이 난다. 일부
언론의 비난도 뒤따른다.
졸라의 도움으로『르 볼테르 *Le Voltaire*』지의 예술
비평가가 되어 국전 Salon의 작품들을 격하하고 인
상파 화가들을 옹호하는 글을 발표한다. 그의 글에
반발한 대규모의 독자들이 잡지의 구독을 해지한다.
『결혼 생활 *En ménage*』을 쓰기 시작한다.
졸라가 메당에 넓은 집을 사서 그의 다섯 제자들과
정기적인 모임을 갖는다.
파리에서 모인 이 다섯 명은 1870년 프로이센과의
전쟁에 관한 글을 쓰자는 계획을 세운다.

1880년 일명 졸라의 다섯 제자들이 프로이센과의 전쟁을
소재로 쓴 글들을 모은『메당의 야회 *Les Soirées de
Médan*』가 출판된다.
『파리 크로키 *Croquis Parisiens*』가 출판된다.

1881년 『결혼 생활』을 발표한다. 1872년부터 만남과 헤어
짐을 반복한 안나 뫼니에에게 이 책을 헌사한다. 비
평가들은 혹평했으나 졸라, 피사로, 세잔은 그 책을
높이 평가한다.

1882년　『물 흐르는 대로 *A vau-l'eau*』를 브뤼셀에서 발표한다.
　　　　『거꾸로 *À rebours*』를 집필하기 시작한다.
　　　　그의 유언 집행인이 된 뤼시앵 데스카브 Lucien
　　　　Descaves와 처음 알게 된다.

1883년　국전에 대해 쓴 글들과 미발표된 여러 예술 비평들
　　　　을 묶은『현대 예술 *L'Art moderne*』을 발표한다.
　　　　말라르메와 우정을 쌓기 시작한다.
　　　　10월에『거꾸로』를 완성한다.

1884년　『거꾸로』를 출판한다. 실패를 예견했으나 의외의
　　　　엄청난 성공을 거둔다. 가톨릭 작가 블루아Bloy와
　　　　바르베Barbey, 말라르메, 발레리에게서 찬사를 받
　　　　는다. 그러나 졸라는 "자연주의에 치명타를 날렸
　　　　다"며 침통한 반응을 보인다.
　　　　블루아, 베를렌과 교유한다.
　　　　졸라의 그룹에서 탈퇴한다.
　　　　『궁지』를 9~10월 동안 한 잡지에 연재하나 주목을
　　　　받지 못한다.

1887년　연재했던『정박지에서 *En rade*』를 책으로 묶어 출
　　　　판한다. 졸라의『흙 *La Terre*』이 나오자 다섯 명의

젊은 작가들이 '다섯 명의 선언문 Manifeste des Cinq'을 써서 욕설에 가까운 공격을 퍼붓는다. 분노한 위스망스는 그 다섯 명에 속한 뤼시앵 데스카브를 야단치며 졸라에게 지지를 표명한다.

안나 뫼니에의 빈번한 발작으로 위스망스는 절망에 빠지고 점차 초자연적인 것에 대해 흥미를 갖기 시작한다.

1888년　여름에 영국의 새로운 잡지인 『유니버설 리뷰 *The Universal Review*』의 사장이 『거꾸로』에 매료되어, 그에게 단편소설 한 편을 청탁한다. 이때 씌어진 작품이 『부그랑 씨의 퇴직』이다. 소실된 것으로 알려졌으나 1964년에 '포베르 *Pauvert*'에 의해 처음 출판된다.

1889년　점차 신비주의에 대한 지식을 넓혀간다.
예술과 건축에 관한 글을 모은 『몇몇 사람들 *Certains*』을 출판한다.

1890년　『라 비에브르 *La Bièvre*』를 발표한다.
악마 숭배 미사에 참가한다.

1891년 『저 아래 *La-bas*』를 발표한다.
        그의 정신적 지주가 되는 아르튀르 뮈니에 신부와
        만난다.
        가톨릭 종교의 교리에 대한 반감에도 불구하고 믿
        음을 키워간다.

1892년 뮈니에 신부의 조언에 따라 노트르 담 디니 Notre-
        Dame d'Igny의 트라피스트 수도원에 피정을 떠난
        다. 거기서 가톨릭으로 개종한다.

1893년 오래전부터 병에 시달렸던 안나 뫼니에를 정신병원
        에 입원시킨다.

1895년 안나 뫼니에가 정신병원에서 사망한다.
        자신의 개종 이야기를 담은 『출발 *En route*』을 발
        표한다. 모든 사람들이 그 책에 씌어진 작가의 개
        종의 진실성에 의문을 표시하지만 책은 성공을 거
        둔다.
        위스망스는 신앙심이 강한 작가들과 예술가들이 같
        이 살 수 있는 안식처를 찾는다.

1897년 위스망스의 고해 신부이자 친구인 페레 신부가 사

망한다.

벨기에와 네덜란드를 여행한다. 리드빈 Lydwine 성
녀의 흔적을 찾아서 시담 Schiedam에 머무른다.

1898년　『대성당』을 발표한다. 가톨릭계에서 위스망스에게
음모와 공격을 가한다.
명예 부장으로 공무원 생활에서 은퇴한다.
리기제 Liguge 수도원 가까이에 머무르기 위해 집을
짓는다.
「생세브랭 Saint-Severin」을 첨가하여 『라 비에브르』
를 새로 출판한다.

1899년　리기제에 정착한다.

1900년　리기제 수도원에서 '오블라 oblat'(전 재산을 수
도원에 바치고 그곳에서 사는 사람) 수련을 시작
한다.
아카데미 공쿠르의 대표로서 첫 회의를 주재한다.

1901년　리기제에서 오블라 선언식을 가진다.
『시담의 리드빈 성녀 *Sainte Lydwine de Schiedam*』
를 발표한다.

콩브Combes 법 때문에 리기제의 수도사들이 수도
원을 떠난다. 위스망스도 리기제를 떠나 다시 파리
에 정착한다.
『모든 것에 대하여 *De Tout*』를 출판한다.

1902년　『돈 보스코의 생애 *Esquisse biographique de Don
Bosco*』를 출판한다.

1903년　『속세를 떠난 자 *L'Oblat*』를 출판한다.
루르드를 여행한다.
알자스, 독일, 벨기에를 여행한다.

1904년　생플라시드 Saint-Placide 거리 31번지에 정착한다
(그 집에서 그는 눈을 감게 된다.)

1906년　『루르드에 몰려든 사람들 *Les Foules de Lourdes*』을
출판한다.
암의 징후(구강암, 후두암)를 보인다.

1907년　4월 23일 종부성사를 받는다.
5월 11일 위스망스 사망.
5월 15일 노트르담데샹 Notre-Dame-des-Champs에

서 뮈니에 신부의 주재로 장례식이 치뤄진다.

1908년 유언 집행인 뤼시앵 데스카브가 『세 개의 성당과
세 명의 화가 *Trois Églises et trois primitifs*』를 출판
한다.